Le Liban
ou l'irréductible distance

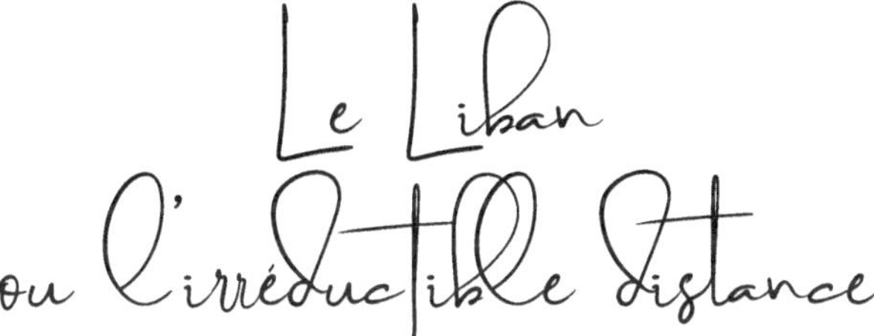

Le Liban ou l'irréductible distance

Frank Darwiche

ELYSSAR PRESS

REDLANDS, CA

Imprimé aux Etats-Unis.

Première impression, Janvier 2021

ISBN 978-1-7334529-5-3

Elyssar Press
175 Bellevue Ave
Redlands, CA 92373

www.ElyssarPress.com

Photographie d'illustration de couverture par Dorine Potel
Conception et production du livre par Stephanie Aoun - 5D Studios
Edité par Professeur Rachad Aoun
Photos par Dorine Potel

Epigraph

Nur aus dem Irrtum geht die Wahrheit hervor, und hierin liegt die Versöhnung mit dem Irrtum und mit der Endlichkeit (Hegel).

Préface

L'origine divisée.

Il est difficile de chanter l'origine, surtout lorsqu'il s'agit d'un pays. Comment ne pas tomber dans l'arbitraire de la préférence, dans l'exagération narcissique ? Mon pays, c'est le plus beau des pays...

Le moyen, inventé ici par F. Darwiche, c'est, d'abord, de diviser le discours : poétique, narratif, académique (ou, pour ce dernier : critique, mais avec la froideur de celui qui renseigne, explique). Division, non pour le plaisir de se commenter, ou par volonté de dispersion. Non : pour décadrer, compliquer, s'éloigner des mirages du souvenir. L'auteur, certes, dit viser l'exhaustivité. On peut ne pas le croire, d'autant plus qu'il excelle à mélanger, les références, les thèmes, les langues. Surtout les langues, ce qui, quant au sujet, va de soi. Le « sujet » : le Liban, c'est-à-dire, au fond, Babel. La division dans la forme répond à celle du sujet – et sans doute à celle de l'auteur. C'est le premier moyen, formel, pour dire l'origine et la maintenir à distance : le lecteur y gagne sa place réflexive, sollicité par l'appareil des notes érudites, éreinté par le passage des langues, progressivement gagné par une profonde rêverie, le rêve d'un pays.

Et puis, moyens narratifs, il y a l'errance, celle du personnage, son regard toujours lancé à l'horizon, son regard pris dans la diversité des horizons rencontrés, et ses rencontres.

Saj'an. Un nom peut être phénicien, c'est-à-dire d'outre monde, d'ailleurs. La Phénicie – le Liban – est un mythe. Le texte nous fait visiter le mythe. On est étourdi, comme à la lecture de certains récits de M. Blanchot, où les noms des « personnages » semblent flotter, en attente d'une identification plus précise. Mais Saj'an n'est pas Thomas l'obscur, il erre en pleine lumière, et les lieux, objet de ses émerveillements, sont tout à fait réels, concrets, décrits. Ils n'ont rien des lieux intérieurs, mais ils ont cependant une profondeur, celle de l'histoire, et quelle !, que décline le discours « académique », et qui, plutôt que de les rapprocher, les éloigne de nous, les perdant dans la suite des noms, qui sont aussi des noms « religieux », voire des noms de religions. Car, bien sûr, il y en a plusieurs, qui entrent en résonances les unes avec les autres. Suggestion : au fond, l'érudition, religieuse, philosophique, « culturelle », certes « garde » ses trésors – mais aussi, à force de profondeur, produit le vertige du sans fond. En ce sens, paradoxalement, le moment « académique » serait celui de la perte plus que celui du comblement. Semblant venir au secours du narratif, elle l'abîme… Le poétique est alors le moment ironique : celui qui regarde de haut le narratif et l'académique.

Saj'an, donc, erre de paysage en paysage. Il y rencontre ceux qui habitent le pays, déployant à chaque fois proximité et distance. Je ne vais pas les raconter à mon tour. Je les aime bien. George qui gagne aux dés, l'éternel vieille-dame-dans-l'église, le neveu du moine.

Saj'an cherche – celle avec laquelle il pourra dire « nous ».

On lui dit, et on rit : « As-tu trouvé ta copine ? ». Jeu de la rêverie avec le trivial, auquel nous rappellent aussi tous les signes qui ancrent le récit dans l'aujourd'hui.

Au bout des rencontres (et c'est cela, le « narratif » !), il y a deux enjeux. D'abord faire un « nous », comme espérance, et, autre espérance, revenir en enfance. Ce dernier « projet » étonne – mais non, c'est bien là la plus forte cohérence : l'enfance est aval, et non amont, « projet » et non souvenir. Un devenir, certes, qui, une fois de plus, déjoue l'origine simple. Si bien qu'à la fin de l'errance, il y aura peut-être seulement la répétition.

Tout ça est un vrai tour de force. C'est aujourd'hui que l'auteur écrit, et qu'il dit, du Liban, « l'impossible distance ». L'expression sonne juste, et une dernière fois, triplement (je sais bien que l'amour de l'auteur pour les trinités de toutes sortes pourrait être corrélé à une certaine « trinité » - mais il vaut mieux suivre … les dédoublements) : distance que l'auteur ne peut prendre avec ce qui l'enracine, distance, pourtant, comme infranchissable, entre cette « racine » et lui-même, distance qu'instaure l'écriture elle-même.

Aujourd'hui, disais-je, où, chacun le sait, le «Liban» ne va pas trop bien, une fois de plus. Pensons-y, mais en ne perdant pas de vue que tout pays est rêvé – ce que nous dit F. Darwiche.

Christian Dubois

Attente

Bleu s'ouvre le pont
À la sentence du matin ;
Le vert des pins traîne sur l'eau.
L'ami embrasse les reflets
Et décante les fils du temps.

Le langage entoure le ciel,
Morphée le chante en souci ;
Le fanal dessine l'orbe de ceux qui attendent,
L'orme abrite la maison.

Sur la limbe de Phénicie
La marque pose son œil :
Chantre du prédit,
Prêtre de Baal[1]
Et Baal des maris.

Le moment de ce dire textuel est triple. Il ouvre une dissension et annonce la conciliation, il se loge déjà dans le confort de l'espace de jeu, où il se cache sans cesse tout en offrant le sens de ses arrêts, portant l'œil vers le plus clair et pourtant vers le plus absent du sens — de là la recherche, le vouloir détaché du soi et porté par le Même comme constitution tautologique de l'altérité. Il doit conjuguer ce qu'on peut appeler rassemblement des trois types ou phénomènes linguistiques du dire, tout en les gardant dans leur écart et dans ce

---

[1]   Voir note plus loin.

qui est leur séparation ou même dissémination[2] particulière à chacun. Nous écrivons selon la règle de trois, et nous ouvrons une textualité pensante, qui n'hésite pas devant les difficultés ni devant le simple ; qui ne se réfugie pas derrière les mots et l'énonciation absconse ; qui ose le sentiment comme intuition, au moins partiellement, du Beau et de ce qui doit le respecter en lui offrant la parole ; qui sourit devant les mots, recule face au mensonge, seulement pour mieux l'attaquer, depuis le plus intime et donc selon la vérité.

Nous nous déplacerons sur trois chemins, et ce en même temps, ce que seul la langue et ses structures puis surtout ses registres permettent, et c'est en cela ici qu'elle dépasse les seules perceptions et la seule action au sein de ce qui nous environne. Les trois chemins se croisent, s'entrecroisent, ils n'en sont qu'un, l'Un qui est ce texte et qui se trouve aussi être un pays, ou le Pays.

Chaque chemin a ses étendues, ses prosopopées, ses chansons et ses chantages, ceux qu'il doit nécessairement faire avec ou contre les deux autres, pour obtenir ce qu'il veut ; chaque chemin doit livrer ce qu'il a, il doit se livrer, aux deux autres mais aussi à celui qui le « prendra en main », épousera ses vues et lui donnera son élan et son regard.

Quelle est donc cette triplicité dont nous parlons ? Et à quoi répond-elle ?

Elle est celle de trois modes qui développent le même esprit se retrouvant en - et pour-soi : le premier mode est *narratif,* le deuxième est *poétique* et le troisième *académique.* Tout ce qui va suivre s'articulera selon ces modalités, développera le plus complètement possible le sujet et selon des axes dont le croisement précisera le sens. Le but est d'embrasser, voire d'embraser, le sujet sous ses différentes facettes, d'être aussi exhaustif mais également aussi divertissant que possible − nous conjurerons l'ennui tout en favorisant la richesse de l'expérience textuelle, l'esthétique et l'érudition, l'homme, le monde, les choses et les mots.

---

2   La référence est à Derrida, *La dissémination*, Paris, Seuil, 1993. Le terme désigne le passage vers une autre forme d'expression ou vers d'autres langages non logocentriques et dualistes. Les mots et les concepts s'y détacheraient des oppositions caractéristiques du dualisme et s'ouvriraient constamment aux altérités toujours renouvelées pour et par le langage.

Le *narratif* se développera en récit inusité, parce qu'il est un voyage dont le début et la fin géographiques ne cessent de s'écarter ou s'écarteler dans une déchirure qui gardera un lien indissociable à...

et que l'intégrité de la *Heimat*[3] développera constamment. C'est ainsi que le départ se fera l'arrivée, le tout étant ce retour présent à chaque instant et constituant l'essence du voyage : Ibn Battûta[4] (إبن بطُّوطة) est toujours déjà chez lui. Narrer c'est ici prendre et constituer les dimensions du mouvement, de l'identité et du soi narratif, au sens que prend le mot chez Ricœur[5], le *self* se définissant au sein de la triple temporalité du récit, de la vie et de l'affectif comme origine de l'action ; et ce dans une biographie inventée et vécue, au sens d'une conscience du vécu, conscience éidétique[6] et constitutive avant tout.

Le *poétique* ouvrira l'essence du langage, l'histoire du mot lointain, l'espace de la page. Il est l'horizon sur lequel le jeu s'exprime et se construit. Il est aussi, ici plus qu'ailleurs, le signe et l'acte de l'altérité. Il participe de la force persuasive et de l'élan du Proche Orient, celui d'Al-moutanabbi (ألمتنبي) et d'Abou Nouwas (أبو نواس), mais aussi de Gibran et surtout d'Adonis, autant que de la nature et de la mélancolie romantiques, des poètes demi-dieux de Hölderlin, de la beauté de Novalis, de l'expérience et de la souffrance de René Char. Bref, il est le mot de l'histoire, celle qui bâtit et se construit en horizon des choses et de l'homme qui se trouve ou se retrouve dans ses paroles. Le poétique est le plus fidèle à l'essence, le seul qui l'exprime, la donne, la sauvegarde, la rapporte à ce qui lui est le plus intimement et le plus authentiquement associé. C'est lui donc le cœur du texte.

---

3   La patrie.

4   Shams al-Din Abu ʿAbdallah Muhammad ibn ʿAbdallah ibn Muhammad ibn Ibrahim ibn Yusuf al-Lawati al-Tanji Ibn Battûta est un juge et voyageur marocain du XIVème siècle qui a parcouru le monde pendant 28 ans, visitant la Chine, l'Inde, une partie de la Russie, la Syrie, l'Anatolie, l'Afrique, l'Andalousie, Mali... et dont les écrits furent recueillis par Ibn Juzayy dans *Rihla* (رحلة) (*Voyage*). Le récit de son voyage, en particulier en Chine, dépasse de loin, en détails mais aussi en fantaisie et êtres fantastiques, celui de Marco Polo. Voir Ibn Battûta, *Voyages et périples choisis*, trad. Paule Charles-Dominique, Paris, Gallimard, 1992.

5   Voir P. Ricœur, *Temps et récit*, tome 1, Paris, Seuil, 1991.

6   Ce sens du mot, rapporté en outre à la conscience, est évidemment celui de Husserl. Voir Husserl, *Ideen zu einer reinen Phaenomenologie und phaenomenologischen Philosophie, in Jahrbuch für Philosophie und phänomenologische Forschung*, Halle, Max Niemeyer, 1913.

L'*académique*, présent comme coupure mais aussi comme référence et renvoi, comme glose et développement, comme ouverture au surprenant et refus de l'abscons, est la clef du poétique, son accès au conscient et son déploiement dans la sphère du dire habituel de la découverte. Il est donc le sous-bassement espionné et offert du poétique, la prise au sérieux du vers et donc du beau, qui n'est ni sentiment vague ni exercice de style et de virtuosité, ni une excuse pour divaguer, raconter des non-sens sous la guise de l'inaccessible de prime abord.

Le poème est donc le plus sérieux, le plus dense et le plus près de la vérité, celle de la langue et du non-dit, et l'apparat qui l'accompagne est son entrée et sa présence sur scène. Tout est laissé à l'imagination et rien ou presque à l'incompréhension – c'est là le défi de toute écriture honnête et féconde.

Ce triple dire est en même temps celui d'un voyage sur certains sentiers battus pour en dégager le surprenant, qui n'est autre que l'histoire et le pas du regard quotidien reprenant les choses en main, saluant ses sens et ses identités ancestrales comme autant d'éléments premiers d'une universalité commune. Les pistes sont celles du pays, d'un pays, le Liban, et dont le nom détient la clef à laisser sur le seuil d'une porte tellement ouverte qu'on en oublie les battants. Et ces battants cachés, ouvert sur le premier paraître, sont l'altérité inavouée, en deçà de l'identitaire et surtout de son semblant, de ce qui se présente comme tel, par danger de vérité. Cette altérité est celle non pas d'une rencontre entre l'occidental et l'oriental mais de l'origine ou d'une position à l'origine de la différenciation entre ανατολή et δύση[7] .

Ce locus, qui est *praecipuo praeditus*[8] , est aussi celui d'un départ trois fois millénaire : il se caractérise donc par sa situation et son histoire où éclot la différenciation et la rencontre en puissance, autant que par sa destinée comme terre de départ, ce qui la met d'une manière diamétralement opposée, au moins de prime abord, à celle d'une terre promise où doivent converger les esprits et les attentes religieuses et nationales d'un peuple. C'est à partir de cette constatation on ne peut plus vraie et si peu discutée qu'on apercevra

---

7   Est et Ouest.

8   Privilégié.

la déchirure aussi bien que le génie qui traversent l'histoire de ce pays et dont ce livre veut restituer le mot.

     La parole d'ici, de l'ici du *scribere*, est celle d'ailleurs, de l'*alter* du μέρος[9]; elle est dans les deux cas le composé uni de l'histoire d'un homme plongé dans les méandres exquises établies et s'établissant par le narrateur. C'est là le deuxième singulier, le premier étant le *watan* (وطن)[10]. Ce *singulum*, par la distanciation même du soi narratif, doit demeurer lui-même texte et appartient au dénouement progressif et circulaire du fil emportant la toupie dans ses va-et-vient tissant les moments du livre dans ses prétentions. La voix de celui qui ouvre, retient et souffre le récit et les sinuosités d'un devoir de Stylite au sein de la fougue d'un forcené[11]. La nostalgie, si nostalgie il y a, garde ici son double sens de « *mal* », ou même de maladie[12], et de *retour*, thème récurrent dans ce livre, le lecteur s'en convaincra.

La triple textualité commence par un départ sous l'enseigne d'un trèfle magique, d'un port et d'un nom en trois...

---

9   Le lieu.

10   La patrie.

11   Référence évidente à Nietzsche.

12   Νοσάζω est un terme de médecine signifiant « rendre malade ».

Tri-polis[13]

Anciennement : Malentendu[14],
Triple mesure[15],
Où le divers se dénommait calme secours.

La sentinelle regarde vers les montagnes[16],
Le port berce les pêcheurs du trépas[17].
La tour[18] du rejet recule – coupable secret.

Quelques barbes entonnent la perte
Signée par les bourreaux de la science
Et les corbeaux de demain[19].

---

13   Voir note sur le poème suivant.

14   Allusion à la rivalité des villes phéniciennes, qui n'est pas sans rappeler celle des villes grecques, avec toutes ses conséquences positives, créatrices et dévastatrices.

15   Le mot « mesure » est choisi précisément parce qu'il s'agit d'une division de la ville en trois pour les marchands. Voir note sur le poème suivant.

16   Il s'agit du mont dit Mouhsin, mais aussi plus loin et plus haut, les montagnes de la chaîne ouest des montagnes libanaises, où se trouvent Bsharré, ville de Gibran bien-sûr, mais aussi la vallée de Kadisha, Ihdin et d'autres endroits qui seront évoqués dans ce livre.

17   Il s'agit de Minaa. Voir le prochain poème.

18   Il s'agit de plusieurs tours de garde qui protégeaient la partie nord de Minaa, dont Bourj Al-Sibaa' construit par Sayf El-din bin Abdallah Ibn hamza le Nazaréen (سيف الدين برسباي بن عبدالله ابن حمزة الناصري) vers 1442. La partie Sud ne comporte aucune tour de garde pour la simple raison qu'il n'y en avait pas besoin, la côte de ce côté étant protégée naturellement par des rochers. Les tours de garde connues aujourd'hui, en différents états de conservation, sont Bourj Ra's Il-Nahr (Tour de l'embouchure du fleuve, برج رأس النهر), Bourj Al-Sibaa' (Tour des Lions, برج السباع), Bourj Al-Kanatir (Tour des Arches, برج القناطر), Bourj Al-Shaykh 'Affan (Tour du Sheikh Affan, برج الشيخ عفّان), Bourj Al-Diwan (Tour de la Trésorerie, برج الديوان), Bourj 'Izz Al-Din (برج عز الدين).

19   Respectivement : les chefs religieux, les constructeurs des machines de guerre et enfin les usagers de ces mêmes machines dans les milices libanaises à différentes époques et surtout à l'époque moderne.

1- Le Départ

Les débuts

En chantier : le secours de mars[20]
Liséré noir des champs de Minaa
Antre de quatre enfants[21] –
Ronces brûlées par le sang de l'amitié.

Cierges d'une Marie[22] sans statue
Et les abris de Maron
Éclairent le désir d'un pays[23] –
Définition de la cendre[24].

Les décennies s'échangent leurs années
Le doigt s'enlise dans les distances
Et les pierres tombées pratiquent la danse du béton.
Le patrie se lisse
Et le bras de la mer s'étire en larmes[25].

Le voilà enfin à El-Mina (ألميناء), qui lui convenait très bien comme
point de départ, puisqu'il désignait un lieu qui l'abritait, un endroit
âmen (آمن) – sûr, le protégeant d'une manière particulière, puisqu'il
s'agissait du respect et du secret bien gardé – comme le silence face à

---

20   Promesse de renaissance pour la nature, mais aussi et surtout dieu des guerres et
de la destruction.

21   Les trois *polis* – Tyr, Sidon et Aradis – et Minaa elle-même, c'est-à-dire ce qui est
aujourd'hui la ville portière. La ville comportait, à partir du neuvième siècle, trois quartiers
distincts pour les commerçants venant des trois villes phéniciennes principales.

22   Référence à l'orthodoxie, où les icônes remplacent les statues. Voir aussi une
autre dimension du sujet chez Jean-Luc Marion, « L'idole et l'icône », in *Dieu sans l'être*,
Paris : PUF, 2002.

23   Le plaisir de créer un pays, mais aussi le plaisir de ce pays lui-même (génitif donc
objectif et subjectif) qui est celui d'offrir et de se constituer comme moment et histoire.

24   Référence au « Mercredi des cendres », qui marque le début du carême et de la
pénitence.

25   Description de la côte libanaise qui se distingue par son étroitesse et sa proximité
aux montagnes.

Dieu de Maître Eckhart, sur une autre rive[26] –, un havre, ainsi qu'un port d'âmes ichthyiques[27], ou ce qui en restait, partant à 4 heures du matin vers le *sansoul* (سنسول)[28] phénicien puis au-delà. Les deux dimensions d'abri[29] et de partance[30] s'y retrouvaient et venaient informer ce fameux nom regroupant la volonté d'un destin commun à trois villes : *Tri-polis.*

À Tripoli, particulièrement dans son port, face au vaste domaine de Neptune, Saj'ân regardait le soleil couchant et désirait aller rejoindre, sur l'île, l'église perdue de Saint Thomas[31], tout en voulant cracher au

---

26   Celle du Rhin. Maître Eckhart est l'emblème du mysticisme rhénan du treizième siècle allemand (Eckhart est né en 1260). Sa pensée se rapproche de l'apophatismea de la théologie de l'Église orthodoxe d'orient. On peut penser, entre autres, à Grégoire de Naziance. Voir « Unterwegs zur Gottesgeburt », in *Vom Adel der menschlichen Seele*, Cologne, Anaconda, 2006.
Il s'agit d'un autre versant de la théologie, s'opposant à ce qu'on a appelé la théologie cataphatique ou positive, d'inspiration aristotélicienne, précédant et devançant déjà la théologie négative ; elle mène, par une confluence de pensées sur Dieu, non point à la négation de la déité comme telle mais à une position, qui n'est pas loin du platonisme, où l'opposition entre le négatif et le positif ne subsiste plus.

27   Du grec ἰχθύς, poisson.

28   Il s'agit du fameux brise-vague construit par les phéniciens.

29   Nous pourrons penser aussi à la sécurité qu'implique l'abri et au sens du mot latin *securitas*, c'est-à-dire de l'absence de *cura*, de souci, mot qui donne l'anglais *care*.

30   Terme qui convient parfaitement dans ce cas. Il est très rattaché à la mer et au départ d'un port. Le *Littré* le définit ainsi :
PARTANCE
(par-tan-s') s. f.
Terme de marine. Départ d'un bâtiment, d'une flotte.
Nous fîmes quatre partances, mais le vent nous refusa toujours, RETZ, IV, 345.
Coup de partance, coup de canon sans boulet qu'on tire pour avertir qu'on va mettre à la voile.

Fig. Il prétend que l'affaire des bulles est si bien disposée, que ce sera le coup de partance et le boute-selle pour venir à Grignan, SÉV., 24 juill. 1691.
Il se dit aussi au fig. dans le langage général pour signal de départ. Huit heures sonnent, voilà le coup de partance.
Bannière de partance, pavillon qu'on met à la poupe pour annoncer le départ.
En partance, sur le point de partir.
Point de partance, celui à partir duquel on commence à compter la route.

31   L'île Saint-Thomas fut occupée par les croisés fuyant les Mamlouks qui y ont construit une église éponyme. Ces derniers ont enfin attaqué l'île et l'ont détruite en y massacrant toute la population le 26 avril 1289.

visage des Croisés en raillant la Croisade des enfants[32]. Mais c'était le vingtième siècle, et en plus dans son quart de lassitude, où l'ennui n'était point le temps de l'*otium* des Stoïciens mais juste du vide rempli par l'image animée. Du haut, ou plutôt du bas, de ces centaines d'années écoulées, les agents du crime étaient plus à regretter dans un imaginaire ayant la richesse du sens plutôt qu'à détruire – et encore : si seulement on ne les avait point « détruits » ! Le recul permet d'épouser toutes sortes de possibles et de reconstruire le révolu, donc de l'embrasser et de le vouloir – vouloir un passé en l'inventant : voilà une nouvelle manière d'envisager la *Wille zur Macht*[33]. « Mais passons ! », songea-t-il, il regrettait encore Alissar, peut-être un peu son visage, mais surtout son nom – ce serait les deux si elle fut nommée Hélène, mais aucun prénom n'est parfait, puis là encore il regretterait plus Troyes qu'autre chose – et ce qu'il évoquait sur une scène de vie devenue enfin la sienne, celle du Saj'an de 25 ans.

Sur le vaste horizon des yeux bleus de Saj'an la mer posait ses rides, se calmait, un « calme d'huile » comme on dit au pays du Mont Blanc[34]. Les choses se dessinaient sur la pupille, essayaient de s'immiscer dans son horizon, mais elles se trouvaient repoussées constamment par les images de l'histoire : Sidon, Europè[35], puis le lointain : le tour de l'Afrique[36] et ses côtes puniques... autour des paradigmes du commerce, père et mère du mot, et de la guerre inévitable. Il regarda plus loin, comme toujours, pour envelopper

---

32   La croisade des enfants fut entreprise entre la quatrième et la cinquième croisades. Il s'agissait en fait de deux croisades ou deux groupes qui sont partis en même temps, l'un de l'Allemagne et l'autre de la France. Les Allemands se sont séparés à Gêne en Italie, alors que le destin des Français reste plutôt incertain. Par ailleurs, ces *pueri*, enfants en latin, pouvaient tout autant être des gens pauvres, des « petites gens », comme le mot Chti' utilisé aujourd'hui dans le Nord, et non pas ou pas seulement des enfants proprement dits.

33   La Volonté de puissance, référence évidente à Nietzsche, qui n'a, faut-il le rappeler ?, jamais écrit ou au moins terminé une œuvre portant ce titre.

34   Le Liban, Loubnan (لبنان), bien-sûr.

35   Dans la mythologie grecque, Europé avait pour père Agénor, le roi phénicien de Tyr, et pour mère Téléphassa, mère aussi du fameux Cadmos. On retrouve aussi Europé chez Homère, dans l'Illiade, où elle est fille de Phœnix, donc encore phénicienne. Notons que cette Europé n'ira jamais dans son éponyme, elle est le désir de l'autre continent qui devint son Nom. Elle est la figure parfaite du Liban et de son destin, auquel le pays du Mont Blanc n'est pas encore près de s'accorder, si encore il doit s'engager dans une telle entreprise qui nécessiterait une grande reprise archéologique de son identité.

36   On croit que les phéniciens étaient les premiers à naviguer autour de l'Afrique. Ils eurent vu le soleil « se lever de l'Ouest. »

devant lui tout le passé ou pour lui faire de la place, lui donner un espace de représentation objectif, allant toujours en expansion – c'est là le sens de l'identitaire, du Même, du cercle des propositions sur le pays natal, de la mise-en-garde contre et au sein des choses et des êtres.

Un signe sur l'imperceptible lever du soleil[37], un matin qui reste longtemps aube, s'attarde : le départ n'est pas un moment, un point sans substance, il est événement, recueillement, énergie et élan.

Saj'an enleva ses chaussures et posa un pied sur le rocher du sansoul. Un froid humide le traversait et une brise l'entoura, l'invitant à danser avec les pierres du temps qui « ... tombées, pratiquent la danse du béton. » Apaisé encore plus, le corps éveillé et la pensée rencontrant la tendresse du « bras de la mère s'étirant en larmes », il porta son regard au sein d'un rayon diffus, présent par sa singulière poussière matinale, blanche et étonnamment rutilante, et il tomba sur la Tour des lions.

---

37   Les chaînes ouest du Liban empêchent de voir le lever du soleil – le pays voit peu son passé et est tous les jours témoin du coucher, il regarde l'*Abendland.*

La tour de Minaa

Un château privé de sable[38]
Dans un port évanoui.

Des drapeaux et du chemin sacré
Il n'en a que les noms.

Assailli par les mensonges –
Mensonges des hauts bienfaisants[39].

Ses couronnes byzantines
Coiffent les visages absents ;

Son éclat tombe sans reflets
Sur les nuages des eaux
Où les barques allaitent.

C'est là que les houris
Des fanaux crépitent une danse vague
Qu'un pêcheur déroule et délie.

Il se dit, nonobstant les apparences, qu'elle n'était pas en ruines, bien qu'elle fût à moitié détruite, qu'elle fût un dire de l'histoire, une histoire malgré elle, témoin oculaire de l'impossible union et donc de l'insurmontable différence. Quelques siècles d'histoire la secouaient tout en assurant ses soubassements – des catapultes, des mariages nationaux, des filles et des garçons ensevelis dans les masques funéraires de berbara (بربارة). Puis il regarda plus loin, et le ciel sembla peser très lourd, puis, plus loin encore, parut se faire écraser par la chaîne du Liban, « … la blancheur est encore plus forte que l'effarement de la voix des anges. »
Il voulait le crier, mais il n'était pas victime, ou pas encore, de la

---

38   En effet, il y a de moins en moins de sable sur la côte de Minaa, occupée par une longue promenade, le port pêcheur et le port marchand.
39   Jabal Mouhsin. Il y a là un certain cynisme. Cette montagne accueillit à plusieurs reprises des plateformes de lancement de missiles sur Minaa dans les années 80s pendant la guerre.

Reche[40]. Il se demanda si un homme, pas un forcené mais un homme nu, dégingandé, beau et solitaire allait descendre dans l'instant ou si le ciel allait se laisser envahir par les dards du soleil. Puis, derrière les lions disparus, il sentit la maison d'Alissar, ce qu'elle eut été ou ce qui en restait, sa mère, son père, les deux sans visages, les deux mortels, puis son frère, André, mal-armé, comme n'appartenant pas à ce foyer et à ses murs dont la noirceur cachait le rouge du crime introuvable – le sentier du cœur, qu'il suivrait, après la mer, sur le fleuve, à contre-courant.

Mais justement, ce fleuve, comment le remonter ? Il faudrait auparavant recréer les vergers d'orangers et redonner à la ville son signifié[41]. Sinon le fleuve resterait l'énoncé de l'indifférence de la populace amnésique – l'eau devait avoir son lieu, non seulement au-dessous et avant elle, mais aussi autour d'elle, comme ce qui l'accompagnait et faisait ses identités, avant qu'elle rejoignît son sens, c'est-à-dire son destin et rattrapât un autre nom, encore plus lointain, celui de Didon[42]. Malheureusement, cependant, ni un retour en arrière ne lui était possible, ni un pis-aller : cet Éternel Retour du Même qui avait déjà fait ses preuves et ses fous. Comment dès lors embarquer ?

Il se retourna alors et regarda vers les îles pour retrouver là-bas un retour qui construirait le voyage à rebours. Il aperçut

---

40   La vengeance : la référence est évidemment à Nietzsche. La « morale des faibles » que dénonce Nietzsche est celle du ressentiment. Celui-ci est le propre d'une volonté qui se trouve vaincue, incapable d'atteindre ce qu'elle recherche ou qui n'arrive pas ou plus à chercher, n'atteint pas son épanouissement, sombre dans l'impuissance et donc crée la valeur de vengeance pour lutter contre les puissants. Ces faibles, par cette vengeance, vont se forger de nouvelles valeurs, qui sont cette puissance-même, son expression et son effectivité, pour combattre les plus forts. Ainsi est née la pitié, et là Nietzsche s'oppose à Schopenhauer, qui sert à dévaloriser, se nier et prétendre qu'une telle chose est d'une grandeur toute morale.

41   L'espace qui séparait ce qu'est Minaa aujourd'hui de Tripoli était, avant l'urbanisation, couvert de vergers d'orangers et de citronniers, ce qui a donné son surnom à la ville : Tripoli Al-Fayhaa (الفيحاء), soit Tripoli l'odorante. Il reste peu d'arbres fruitiers aujourd'hui, dispersés dans quelques jardins privés.

42   Didon, autre nom pour Alissa, Alisha ou, ici, un rappel d'Alissar. Elle fut reine phénicienne de Carthage et, amoureuse d'Énée, essaya de l'y détenir. La légende est assez connue, liant le fondement de Rome à ce départ, selon l'Énéide de Virgile, qui deviendra l'*Énéas*, un des plus grand *romans antiques* du Moyen Âge, mettant l'accent sur l'histoire d'amour à Carthage. J'invite le lecteur, par ailleurs, à considérer la figure de Pygmalion, frère de Didon, qui assassine le mari de celle-ci et reprend le pouvoir. Plus récemment, à l'époque baroque, Purcell écrit l'un des plus beaux opéras anglais, *Dido*.

le pont reliant la côte à Bakar, la première ziré (زيرة)[43], la tentative récente à raccorder le pays à ses témoignages sourds faits d'histoires de départ[44] – mais il n'y voyait qu'un pont, du béton, quelques passants solitaires, des pêcheurs avec leur chapeaux blancs, des filets bleus, deux vendeurs de kharnoub (خرنوب). Il regarda plus loin, mais l'ombre d'Europè ne se profilait plus sur l'horizon, tout au plus l'écho de quelques épées et cimeterre[45] brisés par l'intemporalité du soleil.

Un pêcheur s'approcha de lui :
« Vous êtes bien Saj'an, le fils de Faris ? »
Interrompu dans son projet, Saj'an oublia soudain ses difficultés et les méfaits de sa vie. Il dévisagea cet homme au visage hâlé par le soleil salé de l'aube, couleur que seul les pêcheurs acquièrent au fil de leurs années interminables à pêcher entre 4 heures et 9 heures du matin, couleur qui distingue les fils d'El-Minaa et les lie à leurs ancêtres.
« Vous m'entendez ? Saj'an, non ?
— Oui, oui, bien-sûr
— Vous avez tellement changé... »
Les mains du pêcheur, de Jirjis, il se souvenait maintenant de son prénom, dessinaient des bateaux de sable sur les cheveux et le front de Saj'an. C'est comme ça qu'il faisait de son corps, quand il était enfant, une prière qui sentait les fils et les paniers de pêche, c'est comme ça qu'il avait pu survivre, que les visages avaient pu se laisser dessiner sur l'horizon de l'enfance, c'est comme ça que le recul ne s'était pas fait inéluctable, que le mot a su un jour sortir, que les murmures devinrent plus que le souffle d'un « h » aspiré, que la main des dieux écrivit d'autres histoires que celles des éveils nocturnes devant le visage emportant l'âme de la grand-mère sous la toge blanche, c'est comme ça que tout, tout pouvait encore se réveiller, que le mot « chemin » avait accepté et accepterait le danger et l'amour des

---

43   Mot libanais, dérivé de jazira (جزيرة) – île, et désignant une petite île, un îlot.
44   Un pont fut construit récemment entre la côte – rappelons qu'elle fut, quant à elle, transformée en promenade – et cette petite île.
45   Référence aux Croisés et aux armées musulmanes.

Holzwege[46]. Les mains de Jirjis porteraient toujours, par-delà la fin, le fruit de la Méditerranée, c'est-à-dire son passé.

« Que Jésus vous bénisse mon fils ! ... »

Et Saj'an de se demander s'il était un fils ou le Fils ou même autre chose que les montagnes appelaient puis rejetaient ou renvoyaient – « beckon », il se souvint... non il revoyait et verrait toujours ce mot anglais qui lui avait fait aimer ou qui lui avait imposé la philologie pendant quelques mois. Il sentait encore aujourd'hui cet appel, d'abord simple, presque imperceptible puis plus loin mais plus fort, plus glorieux, se concentrant ensuite dans des bras, humains mais surtout divins[47], ceux de Ba'al, ceux de Bsharré, ceux qui faisaient les écoulements et les courants, puis les mers dont ils atténuaient l'amertume. Le Fils de l'Homme se mit à pleurer, et le mot venait de devenir bleu, de rejoindre la mer, et de jouer le silence d'une danse – 9 houris sortirent alors des eaux, avec la même image du sansoul dans les yeux, et entamèrent une danse dans un espace aux contours miroitants et à l'horizon limpide où des milliers de chevaliers déferlaient. Le secret de la main de Jirjis venait de s'exprimer pleinement et son sourire dénotait le mouvement et la direction à suivre.

Tout donc voulait l'envoyer à contrecourant, et de nombreuses forces, celles d'un passé inconnaissable, d'un recul, le retenaient – mais le recul était aussi celui des neiges se refusant aux côtes, de

---

46   Référence explicite à deux choses : l'expression allemande « ich bin auf dem Holzweg », expression familière qu'on peut traduire par « je me suis fourré le doigt dans l'œil » ; puis au recueil éponyme de Heidegger, *Holzwege*, traduit en français par *Chemins qui ne mènent nulle part*. L'idée ici est que c'est surtout en se perdant que le chemin de la pensée arrive enfin vers ce qu'il y a de plus essentiel et de plus vrai. Aller vers la pensée c'est sortir des chemins battus, c'est accepter le questionnement et refuser l'arrêt définitif face à un concept érigé en dernière instance. Voir Heidegger, *Holzwege*, Gesamtausgabe, 5, V. Klostermann.

47   Toute cette phrase se comprend à partir de l'ancien anglais : *beckon* sous la forme de *becken* ou *biken* signifiait comme aujourd'hui l'appel fait par un geste du bras, mais aussi de la tête – un *nod* dit l'anglais ; il a donné beacon qui signifie phare, et il signifiait aussi un fanal. Ce qui distingue l'appel et ses sens – geste, signe, signe lumineux – est l'absence de son : il peut s'agir d'un signe fort ou faible, mais toujours silencieux. Ce mot est alors emblématique de toute l'entreprise de Saj'an.

l'homme des montagnes[48] qui ne les quitterait jamais fondant tout le sens du Moyen Âge, ses lames, ses épées et ses emportements. S'il partait d'un lieu de recul, il allait aussi vers un lieu de recul – le Même qui se divisait ou le Même qui ne se ressemblait pas, même pas comme image dans un miroir déformant le présent. Abou 'Ali, Ibrahim, 'Assi... que des courants, que des Héraclite et des Parménide[49]. La décision devait se prendre ailleurs, dans les yeux de Jirjis, mais assez loin de lui, vers les quelques rochers qui restaient encore, plus au nord de Mina.

Il s'empressa de dire au-revoir à Jirjis et de repartir sur la promenade.

Jirjis le bénit, posa sa main sur son front, caressa ses cheveux et repartit. Quelques filets traînaient, une femme parlait à deux enfants dans une poussette, des cloches sonnaient et lui donnaient l'impression de partir en pèlerinage – mais comment partir là où l'on est déjà ? Comment s'éloigner d'une terre sacrée pour la rejoindre ? L'odeur du marché à poissons l'interpela comme toujours, et il passa irrésistiblement sur la saha pour voir et sentir les fruits marins du matin. Un jeune lui offrit des poissons crus au citron – il n'avait jamais mangé de poissons crus, quand il était enfant cela n'existait pas, mais il accepta, passa 1.000 livres au petit et croqua la chair iodée.

---

48   Référence à l'homme des montagnes, Abdullah El-Haschasch, qui soi-disant donnait du haschisch (حشيش) à ses serviteurs, vassaux et gardiens pour perpétrer des meurtres commandés par différents partis à l'époque des croisades, leur promettant des délices et bonheurs à venir dans un au-delà dont ils entrevoyaient les images en fumant. Il y a jusqu'à aujourd'hui beaucoup de légendes concernant ce personnage qu'on tient quand même aujourd'hui pour historique. La secte qu'il fonda semble liée aux Ismaëliens, secte shiite active en Syrie et dont on trouve des restes chez les Nizâriens. Plusieurs étymologies relient le mot « assassin » aux haschaschines, les fumeurs de haschisch du prétendu maître.

49   La référence à Héraclite et à Parménide rappelle tout simplement leurs doctrines contradictoires : l'un affirmant que tout est un, qu'il n'y a pas de réalité en dehors de l'un, et l'autre que tout est en mouvement, ce qui sera jugé par Platon[a], comme impossibilité de science, celle-ci nécessitant l'existence d'Idées non-assujetties au mouvement. Parménide, quant à lui, sera réfuté dans le *Parménide*, en réduisant sa doctrine à l'absurde.

a. Dans le *Cratyle* déjà puis dans le *Théétète* qui récuse aussi la théorie de Protagoras concernant l'homme comme mesure de toute chose. La fameuse affirmation attribuée à Héraclite, avec toutes ses éventuelles modifications, est bien entendu, qu'on ne peut pas traverser le même fleuve deux fois. Une réconciliation et une re-considération de la théorie des Idées introduisant leur communication sont tentées par Platon dand le *Sophiste* qui le sort d'une crise de sa pensée concernant la participation aux *Ideae*.

Il continua, passa devant Mar-Elias[50], les quelques cafés où quelques hommes désœuvrés jouaient au jacquet en buvant des limonades au kaak (كعك) et se retrouva enfin face au lieu du retour, c'est-à-dire du départ, le lieu à l'envers[51], la tombe et la genèse, la génération et la corruption, le Devenir[52]. Il se tint debout sur un rocher surplombant la côte et effaça les extases du   temps[53] en plongeant dans l'instant incommensurable.

Il redescendit, longea la côte, y marcha pendant une heure et arriva aux abords de l'Autre ville à l'accent grave[54]. Les orangers qui séparaient deux mondes naguère avaient laissé deux signes entre une brèche de Mundarten[55] insurmontable par sa distance et ces relents occasionnels de haine qui faisait du Tripolitain un touriste pour les Minéwiyyeh (ميناوية)[56]. Le regard tourné vers le monde et l'altérité de l'identique méprisent l'homme de l'intérieur qui ne découvre jamais le sens de ses lieux et la portée de sa géographie.

Le regard de l'illimité-limite méprise les hommes qui s'abritent dans les limites qui leur sont invisibles. Mais au sein de tout cela, non pas entre mais à travers les deux, s'annoncent les abords d'un destin commun.

---

50   École mixte et église orthodoxe de Mina. Cette église fut construite en 1860 par les pécheurs de Mina, suite à une tempête[a]. L'église connut une restauration en 1960 financée par la famille Batache. Elle fut à nouveau restaurée à l'époque du Métropolitain Elias Karban.

a. Les pêcheurs de Minaa utilisent un mot spécifique pour les fortes tempêtes surgissant la nuit et vers l'aube sur la mer : Naww (نو).

51   Voir plus tard dans le récit.

52   Référence ostensible aux traités *De la génération et de la corruption*, du *Ciel* et de *la Physique* d'Aristote, où la question de la génération et de la corruption comme type de changement lié au devenir est abordée en détails.

53   Le temps et ses extases considérées comme surgissant en même temps et dont la vérité est l'instant donnent bien-sûr le passé, le présent et l'avenir. Cela explique aussi l'affirmation qui suit : l'incommensurabilité de la mesure qu'est l'instant.

54   En effet, l'accent tripolitain est plus « grave » mais seulement au sens où il y a beaucoup de « ô », alors que l'accent de Mina se distingue par beaucoup de « é ».

55   Mot allemand pour « dialectes », mais il dit plus que cela, d'où son usage ici : il s'agit de manières de parler traduisant l'appartenance à une terre et une communauté. Le mot veut dire littéralement : « les manières de la bouche » et conjugue dialecte et accent.

56   Beaucoup de Tripolitains viennent, surtout le week-end, se balader sur la promenade de Mina, sauf en hiver où la côte est souvent balayée par le vent, la pluie, et les orages.

II - Premiers Pas

Abords de Saint Gilles[57]

Sur l'âge non-acquis
Les bords du Kadish[58] –
Le sang des pères :
Sacre de l'animal,
Décès des mémoires.

Un arc sous le bois,
Le fer brise les parois du souvenir[59] –
Regard sur des eaux et des hauteurs
Dans la pupille grise de la ville –
Mort du blanc de la patrie[60].

L'enfant[61] ouvre le ciel,
Les dieux se placent sous l'égide des désirs partis
Et s'écoulent vers les charmes morts
De la Méditerranée.

Comment descendre vers la rivière ? Le pont était plein de marchands, et il n'y avait aucun escalier en vue. Il tourna alors à droite et monta la colline vers Saint Gilles enfin libre d'accès après tant d'années[62]. Il avait déjà les jambes engourdies mais une ombre malicieuse le portait, un sentiment de vengeance étranger qui n'avait jamais

---

57   La fameuse citadelle de Saint-Gilles fut édifiée en 1103 par Raymond de Saint-Gilles, pendant son siège de Tripoli. Le comte vint en Orient avec la première croisade et était le seul, à son arrivée devant Constantinople, à refuser de donner son allégeance à l'empereur Alexis Comnène. La citadelle, toujours imposante aujourd'hui, abrite les ruines de l'église de Saint Sépulcre.

58   Référence à la vallée de Kadisha qui descend depuis les montagnes des cèdres libanaises jusqu'à la côté et où se trouvent les sources du fleuve Abou-Ali. Elle est connue pour les centaines d'ermitages dans les rochers calcaires où vivaient les premiers mystiques libanais puis les premières disciples de saint Maron, fondateur du Christianisme maronite.

59   L'arc, le bois et le fer en question se réfèrent au pont sur le fleuve de Kadisha à Tripoli. La rivière ici longe la colline où se tient la citadelle de Saint-Gilles.

60   Il faut penser au drapeau libanais.

61   Évidemment Saj'ân.

62   La citadelle de Saint-Gilles fut occupée par plusieurs factions, dont, entre autres et à différentes époques, les Syriens et les Tawhids (توحيد) (secte et milice islamiste).

quitté ce lieu et qui le poussait, monade impénétrable qu'il était, sans jamais pouvoir le comprendre, sans jamais devoir se l'expliquer.

Abou Samra était plus loin, un nom qui lui avait toujours déplu, un lieu de fous et de filles invisibles. Il n'y monterait donc pas, il n'irait pas au-delà de la citadelle. Devant le portail, le gardien fumait une Dunhill – étonnante élégance anglaise entre des lèvres gercées, sous un képi vert et des yeux d'un noir de moine. Il envoya une bouffée de fumée dans un verre de thé noirci par ses idées ternes et regarda les voitures et les maraichers passer en allant vers Zahriyyeh ou vers la Bab el-Tebbeneh. Saj'ân s'approcha de lui et lui demanda s'il pouvait entrer.

« 1500 livres. Vous voulez un guide aussi ? C'est seulement 1000 livres de plus. »

Il montre du doigt un adolescent assis dans une petite cabane en bois, fumant une cigarette roulée en regardant la télé.

« Non, ça ira je pense, je veux juste faire un petit tour.

— Tenez ! Je vous laisse ce petit guide. »

Saj'ân regarda les vieilles photos en noir et blanc dans le guide, datant d'avant-guerre. Le texte était bien écrit et résumait l'histoire de la ville et de la citadelle en quelques mots. Le dépliant sentait la fumée et la fatté... ou plutôt tis'yé, ils ont dû en avoir mangé ce matin-là. Cela ressemblait trop à l'enfance, aux matins chez Dannoun, la gargote de hoummos-foul, avant l'école, aux amis partis et aux amis disparus sous le glaive de l'histoire séculaire et religieuse commune. Il fallait enterrer tout cela et déterrer l'essentiel : il fallait regarder plus loin, vers Abu 'Ali et la montagne, mais surtout vers l'entre-deux, le Kadish.

Il pénètra dans la citadelle, fit une visite furtive des ruines de l'église du Saint-Sépulcre, rejeta son noir et ressortit pour s'assoir sur une pierre surplombant la ville vers l'est. Celle-ci devint un gouffre, tourna et tourbillonna puis accoucha de son passé : un escalier dantesque apparut et les yeux de Saj'ân devinrent d'un bleu azur, un ciel recouvrant l'enfer et les affres de la jeunesse cananéenne puis un fleuve emplissant, épanchant la vallée rouge et remontant les hauteurs embrumées.

Il faudrait descendre.

Sur le chemin, dans les broussailles et les quelques arbustes qui parsemaient le flanc, il aperçut deux chiens, des chats, des enveloppes à lettres, et un *chouhrour* (شحرور) mort avec une feuille de chêne au bec. Il le souleva, le caressa, lui cassa une patte et l'avala – affirmation du dévouement à un destin qui pourrait ne jamais le ramener, un destin qui pourrait lui refuser les yeux d'Alissar et de toute la Phénicie ainsi que la redécouverte du rocher natal, où qu'il fût, quelles que fussent ses transformations. Quoi qu'il arrivât, cependant, il aurait parcouru les distances et les lieux nécessaires, il aurait accompli la plénitude qui lui revint, qui revint à l'homme : nevermore, nevermore – tout le reste devait s'évanouir[63].

Sous le pont, sous la corrosion et le bois rongé par l'acidité et la chair, l'eau sentait la poisse, la malchance, le *Pech*, l'embourbement, les entrailles du marché, et le mont semblait devenir le deuil inavoué de la ville, les dieux semblaient se réfugier dans les « désirs partis » et s'écouler, en amont, résistant aux hommes, une eau aux « charmes morts » flottant sur cette autre qui allait vers la Méditerranée. Enfant ! Il devait redevenir enfant, précéder les transformations du visible, ouvrir le ciel, respirer le « blanc de la patrie » dans sa mort même, dans la mort. Ce qui voulait dire recommencer, faire table rase, donner raison à un Locke[64] et le faire à l'âge adulte, le faire au sein même de toutes les constitutions et les conséquences de l'expérience.

Redevenir enfant ! Il faudrait plutôt dire « devenir enfant », l'enfance n'étant presque jamais une conscience ou pas une conscience développée, consciente de ce qu'elle est, mettant entre parenthèses ce qu'elle rencontre puis sa propre subjectivité et laissant passer le pays, le vivre et y vivre... mais tout cela est en aval, tout cela ne faisait qu'obnubiler et repousser plus loin l'appel des hauteurs – le dépouillement de la Phénicie qui a fait son histoire[65].

Les premiers pas bleus devaient passer par le sol nourrissant rouge, marron, sombre, pour se préparer, se tenir ferme dans le rejet de l'immobile puis toucher au vert distinctif de chaque millénaire

---

63   Référence au poème « *The Raven* » d'Edgar Poe.
64   Sur la fameuse *tabula rasa* de Locke qui lui permet d'attaquer les idées innées des cartésiens ainsi que les notions traditionnelles de la métaphysique telle que la substance, voir Locke, *An Essay Concerning Human Understanding*, Ware, England, Wordsworth Editions, 1998, « Book 2, chap. 1: Of Ideas in General and their Original. »
65   Ce dépouillement est en référence aux cèdres.

de la patrie[66], sur le chemin des sommets où les millénaires se multipliaient encore.

---

66   Référence aux oliviers qui occupent une grande partie des premières hauteurs libanaises et qui vivent, en moyenne, pendant 1000 ans. La mention des « multiples millénaires » renvoie, quant à elle, aux cèdres qui peuvent vivre jusqu'à 2000 ans.

III – Gravir

L'olivier de Koura

Les langues dégagent le flot doré[67] :
Terres derrière les routes noircies,
Serpents et métaux[68].

Des Mille-Ans[69] moutonnent la toile,
Le vert se colore en blanc[70]
Et pleure son nom.

Les écumes du présent
Attisent la douleur
Qui se fera l'habit du caillé[71]
Et l'attribut du pauvre dément[72].

La route est noire, les sentiers cachés, les ânes partis avec Jiha[73] et ses sourires. Le clocher des églises d'Amyoun[74] sonnait le recul et l'intégration[75], la timidité et la beauté[76], le secret gardé dans la

---

67   Le « flot doré » est cet or des icônes orthodoxes, Koura, district du Nord comprenant 52 villages, est à majorité orthodoxe depuis des siècles. Le secret cultivé par le rituel orthodoxe est au cœur de la lumière qu'il veut aussi exprimer.

68   Les chemins noircis par la fumée des voitures, par les voies sataniques du destin des Libanais qui a été depuis des siècles entaché du sang des meurtres fratricides.

69   Les mille-ans sont évidemment les oliviers. Voir le chapitre précédent.

70   Il s'agit des fleurs d'olivier qui s'envolent.

71   Le « caillé » est la labné (لبنة) libanaise.

72   Le pauvre est dément parce qu'il est un Diogène, c'est un cynique qui ne croit plus qu'aux olives et au pain, le reste est accessoire, le reste sent le mensonge.

73   Les histoires drôles de Jiha (جحا) et son âne foisonnent dans la culture populaire et vont des plus anodines aux plus scabreuses.

74   Amyoun est le chef-lieu et le centre administratif du Kada' (قضاء) (district) de Koura.

75   L'église orthodoxe, « roum orthodoxe » on dirait au Liban, s'est intégrée le mieux au Liban et ne participa guère aux guerres intestinales du pays.

76   La timidité est celle du secret cultivé par la théologie orthodoxe éprise de néoplatonisme et d'apophatisme toujours très vivant.

lumière[77], les dimensions multiples dans le refus de l'espace[78], et c'est dans celles-ci qu'il fallait se déplacer pour retrouver le sens, pour s'orienter dans les yeux d'Alissar – n'aller ni vers l'Est ni vers l'Ouest mais dans toutes les directions, c'est-à-dire au sein du plus sûr et du plus vrai. Il se dirigea vers l'église Saint Georges, s'assit dans l'arcade du narthex et regarda les immeubles disparaître, témoignage insipide du siècle naissant et des 100 ans d'ignorance et de refus de l'histoire, de cette *Geschichte* indispensable, de ces mots qui disent les choses. La vallée semblait malgré tout s'ouvrir, vouloir être l'amont et l'aval, les choses à dire et les choses à cacher sous la gaze des certitudes logiques derrière les limbes théologiques et les figures christiques sombres. Il était là son visage, il brillait déjà, et elle avait la force de l'incertitude, l'inconséquence du mal et l'appât du bien. Il la sentait, elle avait l'odeur des miracles, elle était port et terre sèche bercée de brouillards verts, elle était l'impossible romain et le nécessaire du blanc des monts, elle était ce qui pouvait seul encore prononcer l'amour. Les dragons hurlaient bien dans tout ce pays, lançaient leur feu à chaque voix de l'Insensé, à chaque rassemblement de clochers, à chaque blancheur des turbans, mais leur feu éternel n'est qu'intermittent et sa force cède à chaque fois devant la légèreté du gaz pur transportant le réel vers ses fondements maternels, vers les lettres d'Alissar.

Il se leva et entra dans l'église vide où l'odeur des maisonnées annonçant l'automne cédait la place à l'image entachée d'huile sainte et d'encens. Il s'approcha de l'iconostase et y observa les traits de son visage, il entendit « Saj'ân », sentit la main de Jirjis et un vent embrasser ses cheveux. Une Bible grecque était ouverte sur le lutrin.

---

77   Tout le rituel orthodoxe, voir note plus haut, est celui du secret. L'iconostase derrière laquelle le prêtre célèbre la messe, le cache et présente la parole divine comme émanant d'un mystère. Le mysticisme orthodoxe se distingue par un travail apophatique qui traverse non seulement la vie des moines mais toute la communauté et tout individu. A ce sujet, on consultera avec intérêt le livre de Vladimir Lossky, *Essai sur la théologie mystique de l'Église d'Orient*, Paris, J. Vrin, 1998.

78   Référence à l'inconoclasme qui occupa l'Église orthodoxe de Byzance dès 721, sous Léon III. Les iconoclastes, contre les iconodules, dénonçaient l'usage de représentations de tout ce qui est divin dans l'église, par exemple sur l'iconostase. Cela n'est pas absent de l'usage des icônes plutôt que des statues dans l'église orthodoxe, usage s'inspirant alors de la lumière que l'or représente et ce plus que les enluminures occidentales des manuscrits religieux.

Il eut un sourire en pensant à Boileau[79], l'ouvrit à l'Ecclésiaste et y lut quelques passages. Mais quelqu'un arriva, il entendit des pas dehors, il vit des pieds devant la porte, et il eut soudain la nausée, la nausée que donne le commun des mortels religieux. La personne entra, se mit à genoux sur un prie-Dieu et ferma les yeux. Il s'agissait d'un homme âgé qui n'avait même pas remarqué Saj'ân qui observait ses traits, ses mains bleues veineuses, et sa tête hirsute. Les mots de Jirjis revinrent dans le silence, l'église sembla soudain jeune, jeune comme la mort.

Un pigeon gris descendit derrière l'iconostase. Il l'entendait voler et se cogner contre les murs. L'Ecclésiaste devint soudain comme une page vide, grise, où le noir se serait fondu. C'est ce qu'il avait toujours espéré, c'est ce qui aurait dû l'éloigner, garder dans le lointain d'autres livres – la perte des mots du sacré maudit, union inattendue et mortelle de l'Orient et de l'Occident. Les siècles ont fait tout l'inverse : ils ont effacé ce qui devait demeurer, c'est-à-dire l'éternité, pour la remplacer par la promesse de l'éternel ou la perpétuité du désir différé au profit du Livre. Il chercha le visage de l'Inconnu sur la page de plus en plus blanche, moite, puis bleue, mais rien n'apparaissait. Et pour la première fois depuis les premiers pas de son voyage, il pleura – les lieux sacrés, quoi que ce mot veuille exprimer, ces lieux où le mensonge fut oint par la main hésitante de la fidélité, ces lieux rassemblaient encore pour des raisons qui dépassent leur bâtisseur, la force des larmes, l'épée qui sépare la jouissance[80] de l'humain incompréhensible à lui-même. Les lieux sacrés sont les lieux à quitter, et pour les quitter il faut encore y entrer, mais dans ce cas c'est encore plus, pour les quitter il fallait y être, y avoir été toujours déjà, y avoir acquis son essence dès le commencement de l'histoire du pays, avant donc son établissement comme pays et avant les frontières, avant tout sens d'un état de nature qui n'a de sens que pour l'esprit malade.

Il tournait les pages, chacune plus ou moins grise, pendant que le vieux, ayant sorti du pain et des olives, mâchait l'attribut du

---

79   Boileau est un satiriste du dix-septième siècle. Il est connu comme quelqu'un qui a su tirer parti de toutes les possibilités offertes par la composition poétique (il écrira une étude sur la poésie, *L'art poétique*). Ses satires, souvent inspirées d'Horace et de Juvénal, attaquaient des écrivains contemporains attachés à la tradition, en particulier Jean Chapelain. La référence ici est faite à la satire intitulée « Le lutrin ».

80   Référence au jardin d'Eden.

pauvre : le pauvre, le faible, le rejeton de la pensée.

Il le regarda à nouveau, et au lieu de la nausée il voyait des portes s'ouvrir, et derrière elles des cheveux noirs, des cheveux longs, les cheveux d'une femme, d'une génitrice – d'une source d'attributs. A ce moment précis il fut l'infidèle.

Il sortit.

Il pleuvait. Il resta quelques minutes assis dans le narthex. Quelques oliviers pointaient plus bas, un silence d'urbanisme rural imposait son ennui. Le chemin reluisait sous les flaques d'eau et se frayait à travers les cordes fines de la brume, allant vers Fih ou plus bas vers Kaftoun et jusqu'à la côte, vers Enfeh. Que d'églises, que le Moyen Âge ancré dans les siècles ottomans et dans l'indépendance du vingtième et ses incongruités oublieuses et désagrégeant les identités trop solides ! Face à l'américanisme, ce Liban devenait la mémoire insondable de l'Europe, et c'est elle qui imposait les pas de Saj'ân, elle qui marquera de son doigt le front de l'amour, elle... avant, bien avant son épanchement sur la terre, bien avant les étendues occidentales... elle, avant le socle athénien, et au cœur de Thalès... elle, l'histoire intime des yeux d'Alissar, du secret de la genèse, de l'inavouable dans l'éclat des cierges.

Et le chemin, son chemin, le féminin, la piste étroite, montait encore, quittant le centre des choses : l'orthodoxie.

Dans le café d'Amyoun, les vieux buvaient l'arak mtallat et jouaient au jacquet façon franjiyyé, à deux ou à quatre, et ne firent pas mine de remarquer Saj'ân qui s'assit alors dans un coin mais près du bar et appela le « garçon ». C'était le temps de s'enivrer, pour voir, revoir au loin, au lieu des quelques nuages et de la brume qui couvrait la vallée, l'île St-Thomas[81] et y imaginer, encore une fois, et dans un horizon encore plus lointain, cette fois dans le temps et l'espace, la fin et le commencement des choses à venir et comme le sceau de l'amour le plus terrien. Il commanda une *batha* (بطحة) qui lui fut immédiatement

---

81   Cette île, déjà mentionnée plus haut, s'appelle aujourd'hui l'île de la vache (البقرة) ou encore d'Abd-El-wahab (عبد الوهاب), du nom de la famille qui l'occupait et en surveillait le phare.

servie avec des glaçons et une carafe d'eau. Il se rappellait encore la méthode de mélange : verser d'abord l'arak, ensuite ajouter de l'eau, lentement, jusqu'à l'obtention d'un blanc opaque, comme le lait, et ensuite ajouter un glaçon, mais un seul. Il procéda ainsi, mais son arak ne se troublait guère, ne copiait pas le paysage. Il le posa et regarda quelques minutes par la fenêtre, située à sa gauche et ornée, sur le rebord, par deux petits vases contenant quelques marguerites et deux ou trois coquelicots, ce qui l'a surpris, vu la saison.

Un jeune homme lui demanda s'il ne voulait pas jouer un tour de jacquet. Saj'ân regarda sa joue droite balafrée – « C'est arrivé hier, anticipa le jeune, j'élaguais un olivier dans le verger, vous voyez...
— Oui, oui, je vois. Il lui sourit.
— Bon, on peut jouer ?
— Si vous voulez.
— Franjiyyé ou mighrabiyyé ?
— C'est selon... je joue les deux. »
Il pensait de plus en plus à l'île Saint-Thomas, en regardant de la fenêtre qui donnait, entre autres, sur le chemin qui menait plus haut, comme si aller vers les hauteurs était retrouver une île. Il ne remarquait même pas le jeune ranger les pions façon franjiyyé.
« Moi c'est George.
— Bonjour George, je m'appelle Saj'ân.
— Saj'ân ! C'est rare ça. N'est-ce pas phénicien ?
— Ça doit l'être. C'est ce qui nous sépare peut-être...
— Oui, un prénom qui dépasse les régions. Il éclata de rire. »
Oui un mot qui doit abstraire – et non pas faire abstraction de – les identités dans ce qu'elles avaient d'histoire, les ressaisir ensuite, les intégrer au chemin des choses communes, c'est-à-dire aux secrets. Ses mots lui passaient dans l'esprit, comme le vent d'un autre temps, un temps à venir, un temps de tous les fondements passés... Et devant cela, un jeune garçon, un George – le plus commun des prénoms libanais – un jeu de pions, un jeu d'hommes, un jeu de cache-cache.

George lança son dé et eut un cinq face au trois de Saj'ân.
« C'est moi qui commence.
— Oui.
— Saj'ân ! Ce prénom, heh, je n'en reviens pas. Que faites-vous ici ? Je ne vous ai jamais vu. Vous n'êtes pas un vendeur de Tripoli par hasard, parce que mon oncle attend un nouveau vendeur de zahriyyé pour ses huiles.

— Ah non, pas du tout, je me promène, c'est tout.

— C'est pas la saison pourtant.

— Je sais, mais bon, je cherche quelqu'un que je n'ai pas vu depuis longtemps.

— Et c'est quelqu'un de Koura ? Je connais peut-être.

— Non c'est pas quelqu'un d'ici à vrai dire. Enfin, pas que je le sache... ou peut-être un peu, peut-être par ses parents, sa mère plus particulièrement je pense. Mais bon, pas elle.

— Ah ! C'est une fille. C'est le grand amour.

— Si l'on veut. Il força un sourire.

— Bonne chance alors. C'est pas trop mon truc, moi, je préfère les arbres et la tawlé, bon, un peu aussi l'arak et le jus de caroube. » Saj'ân perdait, et plus il regardait le chemin plus il se déconcentrait. « Ça ne va pas, vous venez d'avoir un double six et vous m'avez tout ouvert. Vous prenez trop de risques, c'est pour ça qu'on est à 4 -1.

— Oui, je sais. Ça fait longtemps que je n'ai pas joué, et je n'arrive pas à me concentrer en plus. Attendez ! Je change.

— Pas de problème. Je mène de toute façon. Parlez-moi plutôt de votre amie ! Pourquoi la cherchez-vous ?

— C'est quelqu'un que je n'ai pas vu depuis longtemps. Elle est donc devenue un peu légendaire si vous voulez, je n'ai plus de traits exacts en tête. Mais j'ai envie de la retrouver, ça m'a pris un jour sans que je puisse me l'expliquer.

— Et vous l'aimiez avant cette femme ?

— Peut-être. Je ne sais pas. C'est pour cela que je la cherche.

— Et elle, elle sait que vous la cherchez ?

— Sûrement oui.

— Comment ça sûrement ? On vous l'a dit.

— Non.

— C'est pas clair votre histoire. Vous partez où ensuite ?

— Un peu plus haut, je vais voir Ihdin, les Cèdres aussi, Bsharré, enfin ailleurs qu'ici et plus en hauteur.

— J'ai mon oncle qui va à Ihdin si vous voulez, mais c'est dans deux heures. Il doit nettoyer l'église avant. Quand il va, il passe plus de temps à prier qu'à faire le ménage. Il est le seul à y aller à cette heure-ci, un peu fou si vous voulez mon avis, mais bon il conduit bien et il doit livrer de l'huile à un de nos clients là-bas. D'habitude je pars avec lui, mais là c'est une petite commande, je n'y vais pas, vous n'avez qu'à prendre ma place. Je lui demanderai, il dira pas non.

— Pourquoi pas, c'est sympa de votre part.
— Une autre batha alors avant de finir. »

Saj'ân perdit, en effet, la partie, et en plus 1à 6, le dernier tour ayant fini par un « mars » (un double) pour George.

Le chemin s'imposait à nouveau, et un chemin assisté.

George l'accompagna jusqu'à la maison de son oncle et le laissa attendre là-bas, assis sur le perron couvert de brindilles et de branches de vigne sèches occupant l'espace et les murs comme des lianes épaisses. Saj'ân songeait au chemin à prendre en regardant sur le branchement le panneau indiquant Ihdin et Arz. Il remarqua le pick-up de l'oncle... il n'avait rien d'un âne, il suit les chemins frayés et non les chemins à suivre.

Il se leva.

La route allait être longue, surtout s'il y avait du brouillard...

Ehden

Les angles[82] abritent le message du moderne de la déité,
Le rocher surplombe les fumées étranges[83]
Et les chasubles éplorées.

Les pas de la danse et son épouvante
Trépignent l'accueil de l'Église[84].
Le simple de Maron se refuse
Et sombre dans le jamais.

L'incohérence embrumée d'Ayto
Se diffuse dans le sang de Bsharré[85].

Les saints du dépit secouent ce monde
Et tombent sur l'écho muet des monts.

Les chemins se dessinent sans jamais se perdre[86]
Et n'entrent plus dans le regard des phénix.

En arrivant à Ehden, les saisons fusionnèrent. La visibilité moindre du chemin s'était accentuée, cachait les voitures et suspendait leur fumée. Saj'ân resta en flanc de colline pendant tout le chemin et surtout en arrivant au cœur du village. Il apercevait, depuis sa

---

82   Plusieurs choses à comprendre ici sous le terme *angles* : les angles de l'église en question qui est en effet très angulaire, mais aussi les rochers sur lesquels elle est construite, surplombant le village d'Ehden et la vallée, puis enfin les conflits théologiques millénaires dont le pays fut le terrain fertile.

83   Toujours la métaphore de la fumée, qui oscille comme ici entre les vallées embrumées des montagnes du Nord et l'église avec son encens, mais aussi sa théologie absconse, qui sont tout aussi tentants que dangereux, touchant presque aux secrets et se dérobant à la connaissance.

84   Il s'agit de l'église « Notre Dame de la Forteresse » (sayyidat el-hosn سيدة الحصن), église ancienne restaurée avec un plan moderne et qui surplombe Ehden et la vallée.

85   Référence au sang versé entre les familles Gémayyel et Franjiyyé aux débuts de la guerre du Liban et qui ont clivé les Maronites jusqu'à ce jour.

86   Métaphore importante qui parcourt tout le texte : les chemins qui se perdent, les seuls que Saj'ân recherche, parce qu'ils sont les seuls où la pensée se rencontre. Les chemins droits finissent par se croiser, tout comme les épées, et font références aux pensées uniques.

relative hauteur, la place Midan, d'où montaient la fumée de quelques narguilés, le bruit des conversations et des promeneurs et l'odeur de kibbé. Quelques jeunes traînaient près de la fontaine en attendant l'ouverture des discothèques dans quelques heures, l'air vomissait l'activité oublieuse des scènes de guerre, du passé récent, des problématiques laissées en état pour d'autres générations qui leur en ajouteront d'autres pour mieux les maquiller, couches après couches d'une peinture jamais abordée par les experts et les conservateurs. Il avait déjà mangé des concombres et deux pommes achetées à des paysans sur le bord de la route. Il lui restait à se blottir, sommeiller pendant quelques heures avant de retrouver son visage nocturne.

Il grimpa un peu plus haut, s'approchant du rocher de l'église Notre Dame, l'atteignant puis allant plus loin vers l'église elle-même sur le sommet. Il regarda les angles déistes mêlés au refus des dômes romains et byzantins faisant de la beauté de la foi universelle un mélange d'une foi simple et pure et d'un mathématisme universel insidieux. Il s'assit dans le porche ouvert du calcul et de l'enthousiasme, et vit tout cela plutôt comme une revanche non prononcée du Portique[87] dépossédé de la vertu et du corps. Il fallait que cela passe tout seul, il fallait ne pas se laisser aller à l'association des idées, mais permettre aux questions de venir d'elles-mêmes, bien que ce fût presque la même chose, ce qui finit à chaque fois par peser sur l'esprit. Le mieux toujours : fermer les yeux pour que le silence se fasse un espace où les images fraient des chemins et des scènes pour l'élan, le sentiment et le Beau, le vital.

Il sommeilla pendant deux heures de la sorte, et les rêves qu'il fit ne valent pas les fruits de l'imagination et de la pensée, nous les passerons donc sous silence, comme pour tous ces rêves qui n'ont rien à dire...

Il faisait froid. Le ciel était toujours dégagé, contrastant avec la brume qui enveloppait la vallée plus bas, d'où pointaient quelques cimes et où l'on voyait les contours du monastère des Saints Sarkis et Bakhos. Plus loin, l'antenne d'Aito se dressait, infatigable, n'arrêtant pas de transmettre l'esprit paroissial et le refus d'une réconciliation prochaine entre les sommets des Forces et des Marada. L'amour, entre temps, régnait sur les flancs vierges ou en terrasses, et un

---

87   La philosophie du Portique est bien-sûr le stoïcisme.

bruissement d'eaux de diverses sources traversait les rues, les quelques venelles, les caniveaux où dansaient des feuilles vertes et, ça et là, la route principale. La jeunesse s'était abritée dans les gesticulations de la sensualité et du jeu des corps caduques imposé par la danse de rythmes hostiles au dionysiaque, sans fête et sans défi. Il entendait, en descendant vers le village, les palpitations de ce cœur arrêter et repartir, comme si elles venaient d'un autre village ou de la vallée, et se mélanger à la lumière vacillante des rares lampadaires d'une époque révolue, dont deux, debout devant l'église Saint Georges, l'invitaient à s'approcher en empereur, un Byzantin en pays de petites gens[88] devant un autel cherchant plutôt le simple et ignorant les problèmes qui attendaient leur Esprit, ou vers quelque chose d'impérial par ses exigences qui se traduisaient à l'instant par une exigence d'entrer, de pénétrer dans l'enceinte sacrée.

L'église Mar Mama était éclairée par quelques bougies devant l'autel et une des chapelles dédiées à la Vierge. Une brise légère mais glacée domptait le silence et en faisait la lyre des airs qu'elle dansait. La lumière accentuait le jaune ocre et légèrement marron de la pierre, et l'église devenait un moment de l'histoire entre les pierres de Saint Jean-Marc éclairée par le soleil et les reflets de l'eau de Byblos et la mairie récemment rénovée de Minaa, un moment entre des histoires, un moment aussi sans patronyme, entre les solitudes passionnées de l'Orient et les décrépitudes ensanglantées du soleil couchant[89]. Il se mit sur un banc. Il attendait... il l'attendait, il savait qu'elle ne tarderait pas. Le froid, supportable en flanc de colline et dans les rues devenait un souffle mortel ici entre des ombres vacillantes se déplaçant entre les rangées habillées de missels et du vide des messes. Il en ouvrit un, décati, qui était moins vieux qu'il n'en avait l'air. Il était pourtant beau avec des images rappelant les enluminures du livre d'heures du duc de Berry ou celles de la *Légende dorée*.

---

88   Un contraste voulu pour rappeler la différence, voire l'éventuelle hostilité, entre l'opulence et la complexité liturgique de l'église orthodoxe, avec son Empereur et sa gloire passée, et la simplicité des premiers disciples de Saint Maron qui se traduit par une présence accrue de ceux-ci dans les montagnes, en simples paysans. Cette image persistera longtemps et alimentera par exemple le récit de la Vicomtesse d'Aviau de Piolant qui visita le Pays du Cèdre et publia ses carnets de voyage en 1882, sous le titre de « Au pays des Maronites », Paris, Librairie H. Oudin, 1882.

89   Avec le soleil couchant, l'auteur pense sûrement à l'allemand Abendland, la terre du soir, qui désigne l'occident par contraste avec la terre du soleil levant, le Levant.

Sa lecture lui apporta une certaine chaleur et lui fit oublier le froid et le poids des ombres qui s'allégèrent et rejoignirent l'autel et le chœur. La musique s'intensifiait, ce souffle d'un temps révolu, le temps qui ne passera pas. Il lisait alors comme on lit en fermant les yeux, comme on invente des lieux, des choses et des hommes pour la première fois, comme dans un jeu de perles de verre mais en-deçà du savoir, et les minutes devinrent des heures avant qu'elle n'arrivât.

« Le premier chuchotement »[90] se jouait dehors, venant d'une fenêtre à l'étage, et lui ouvrit la porte, mais il ne la remarqua pas.

Elle portait ses quatre-vingts ans vers l'autel, glissant sur ses pieds rouges cachés et le noir de l'expression de sa robe bleue. Elle avait l'haleine des roses et une fleur de lys fanée entre les lèvres entrouvertes. Elle se répétait la messe en syriaque interrompue çà et là par le prénom de Saj'ân, le prénom de l'homme.

Elle s'agenouilla. Et il la vit.

Le froid était devenu une chaleur moite impossible, les pierres ne laissaient entrevoir que leurs sinuosités, leurs pores et les interstices qui les séparaient, le sol parut plus illuminé que toute l'église, et la vieille un ciel sombre, un point de rencontre. Il avança et s'assit à côté d'elle. Grâce à lui, elle embaumait le myrrhe maintenant, grâce à lui elle était... grâce à lui elle fut. Elle sut alors qu'elle devait lui parler sans lever ses yeux bleus hésitants. Il sentit la chaleur de sa main droite contre la sienne et le froid de ses cheveux chenus.

La pendule du village s'arrêta.

« Elle était là, lui apprit-elle.
— Et elle est partie ? »
Elle remarqua, relevant enfin la tête, qu'il pleurait déjà. Elle ne put s'empêcher de sourire.
« Elle y fut sans y être, elle y fut sans nom, mais je l'ai reconnue, je l'ai toujours connue. Elle portait mon nom mieux que toutes. C'est une vraie fille d'Ehden vous comprenez.

---

90   Il s'agit de la chanson de Farid El-Atrache, *Awwil Hamsa*, « Premier chuchotement ».

— Oui je comprends.

— Elle y est restée longtemps. Elle attendait, elle se faisait attente, elle était le christianisme même, le mot d'Augustin.

— Et moi de Nazianze. »

Il esquissa un sourire moqueur, sans savoir de qui ou de quoi il se moquait. Elle se leva et se dirigea vers le chœur où elle devint presque invisible. Ce qui lui parlait était plus le bleu de la flamme que le fond historique de la vieillesse. Elle reprit.

« Elle est partie.

— Mais je sais qu'elle est partie.

— Vous ne savez rien ! Sinon vous ne seriez pas ici. Vous connaissez presque tout mais vous ne savez rien, vous ne pensez rien.

— Je n'aime pas les énigmes.

— Je sais.

— Pourquoi est-elle partie ?

— Elle attendait son nom, elle ne l'a jamais eu, elle a dû partager le sort de tous ceux qui habitent ces contrées[91]. Elle a patienté, très longtemps. Elle savait posséder le tien, elle en voulait un autre, elle voulait être l'autre. Elle n'y a pas réussi ici. Elle est donc partie.

— Partie où ?

— Plus loin, ou plus haut. Vers le pays.[92] »

Une goutte tomba depuis une stalactite dans la grotte Kadicha. Elle fit quatre ondes autour d'elle – trois pour le ciel et une pour celui qui suivait les cercles des sphères – avant de rebondir et de couler sur le rocher.

---

91   La vieille a raison, et Saj'ân la comprend sûrement, ou au moins il semble saisir ce qu'elle dit. Personne n'est, en effet, né à Ehden. La ville est un lieu de villégiature estivale pour les habitants de Zgharta et n'a pas de statut officiel indépendant. Personne donc ne pourrait enregistrer une naissance à Ehden : il faudrait, au cas où cela se produise, descendre ou aller en tout cas dans un lieu où il est possible d'enregistrer une naissance. C'est souvent Zgharta, mais parfois ailleurs.

Il faut aussi noter l'origine possible du mot Ehden, qui joue un rôle dans cet échange : il semblerait qu'il dérive du Canaanéen et qu'il désigne tout simplement Éden. Cela n'est cependant qu'une supposition parmi tant d'autres, comme c'est souvent le cas des villages libanais, portant presque tous un nom cananéen.

Qui peut bien être cette vieille, mais aussi Alissar et Saj'ân ? Nous laisserons cela à la discrétion du lecteur et du récit, et donc au développement narratif partagé.

92   Le pays, c'est ici le symbole du pays : le cèdre. Il émerge comme le terme possible du voyage, comme le retour fulgurant à la patrie. Au reste du texte d'en définir les sens et les limites.

IV - Le Pays

Arz

Sur le blanc céleste,
Il porte la blessure du départ marin
Et le portail d'un temple hostile.

Il dissout sa colère dans la vacuité humide
Où ses racines, dans un réel insoumis,
Écoutent le devenir.

Il supporte le Nom d'une patrie
Qu'il dissout dans les premières nuits d'été
Pour décerner aux côtes
Leurs traits et leurs visages.

Les chemins du cèdre sont les chemins de la croix. Saj'ân avançait en flanc de montagne, les yeux entrouverts face à la brise fraiche. La brume matinale avait débordé de la vallée sur les chemins et les sommets. Les noms qui s'écrivaient sur le ciel n'apparaissaient que très fugitivement, en laissant des marques qui ressemblaient à des stratus épais puis vides, laissant des trous plus bleus que le ciel et s'ajoutant à l'épaisseur blanche des sommets.

Il arriva enfin auprès du plus vieux des millénaires[93] et monta vers le café qu'il couvrait de ses branches. Celui-ci était vide et les chaises en paille retournées, sens dessus-dessous, les sièges sur les tables. Il y en avait juste trois placées autour d'un tabouret qui a dû servir de support pour un jeu de jacquet, puis trois verres à thé vides. Il saisit une des chaises, l'approcha de la balustrade surplombée par une des branches et regarda vers les hauteurs et le bosquet de cèdres. On y voyait quelques troncs dans les trous mouvants de la brume, puis des cimes givrées qui ressortaient de l'ensemble comme quelques cymaises antiques. Il distingua soudain une jeune silhouette

---

93   Il s'agit du cèdre réputé le plus vieux du Liban.

en haut bleu et jupe rouge[94] se promenant d'un pas léger entre les cèdres sans suivre la piste. Elle était enveloppée d'une blancheur non pas pure ni lumineuse mais d'une nature différente de celle de la brume, moins épaisse et pourtant plus visible, comme une tâche de pluie qui s'inscrirait au beau milieu d'un nuage et se déplacerait d'un bout à l'autre, traçant des lignes et des croisements infinis. Il se leva, n'ayant même pas eu le temps de se reposer et de passer quelques minutes à méditer ses prochaines destinations, et descendit le petit escalier en pierre. Il s'attarda quelques instants :

« Oui ! C'est de cette couleur qu'est faite la silhouette – la couleur de la pierre calcaire... pierre dure mais pierre qui s'effrite », qui semblait s'effriter entre ses mains ou devant ses yeux.

Il repartit aussitôt, mais lentement, traçant un arc jusqu'au bosquet balisé. L'entrée était barrée, un écriteau informait les promeneurs qu'une certaine maladie s'était déclarée sur certains cèdres et que donc le bosquet était fermé pour traitement. Il grimpa sur le portail et passa assez facilement de l'autre côté, où il se trouva face à une petite bête noire dont l'espèce lui était inconnue et qui ressemblait à ces rares écureuils noirs qu'on trouve parfois en Europe. L'animal le toisa quelques instants en gardien des lieux puis se retourna et disparut dans la brume. Saj'ân prit alors le chemin et se trouva après quelques pas face à la chapelle fêtant les années vides du pas du Seigneur[95]. Il pénétra dans la chapelle, où, sur l'autel couvert de mousse, il décela, s'agenouillant : ɋDŽzɔɹR. Les lettres, ou fut-ce le bois ou encore la terre, dégageaient une odeur d'encens, de myrrhe et de salive animale. Le mot, écrit en noir, en charbon, comme les quelques dessins de formes filiformes décorant les murs enfouis à Bsharré, était encadré par deux grappes de raisin, une de merwahs mûrs à droite et une de obaidehs à gauche[96]. Juste au-dessus, il y avait un encrier récemment renversé, à en juger par l'encre bleu-

---

94   Les deux couleurs évoquent l'amour intarissable de Saint Bernard – amour pour cette Vierge toujours en bleu qui dominera le Moyen Âge cistercien – et celui du beau, de la tristesse, de la légèreté et de la puissance innocente de la Vierge, habillée en rouge, du Caravage.

95   Il s'agit d'une chapelle maronite construite en 1843. Pour la fête de la Transfiguration (qui tombe le 6 août dans le calendrier des Maronites), un grand nombre de pèlerins s'y réunissent, un des seuls moments où la chapelle, autrement déserte et lieu de méditation, se trouve vivante.

96   Il s'agit de deux cépages natifs au Liban, évoquant les couleurs rouge et bleue, référence à cette double identité de la Vierge.

marine répandue autour des lettres et sous les grappes. Aucun autre écrit n'était visible, et le seul autre objet présent était une croix ayant porté un Christ maintenant disparu, laissant ses contours, avec une auréole qui continuait le bois, comme celle de Cimabue. La brume entrait progressivement par la fenêtre en soutenant quelques raies de lumière froides.

Un vent vert s'immisçait entre les jambes de Saj'ân, et des frissons soudain parcoururent son corps et serraient ses reins. Il fit l'amour à l'espace au sein impossible de l'instant, de l'antérieur et du postérieur[97], de la mesure incorporelle et immatérielle, où les récits de la patrie s'effacent avant de s'écrire ou s'écrivent pour s'effacer sur le visage féminin. Il s'est cru pendant un moment au milieu de la nuit ou d'un paysage nocturne enveloppant et enveloppé de figures inconnues faisant office de murs reculant vers l'invisible – le sens de l'ordre paternel, sa vérité, mais aussi son élan, la vie, le secours dangereux, le saut. Le sol s'engouffrait pour devenir la vallée de Kadisha puis celle de la Békaa et de son ivresse.

Il quitta la chapelle et reprit le chemin entre les cèdres. Il arriva après quelques minutes devant un cèdre fendu par la foudre. Formant un arc de chaque côté et suintant un liquide jaune[98] tremblant non pas sous l'effet du vent mais d'un tremblement invisible souterrain allant jusqu'aux entrailles de la source[99] du recueillement et de la souffrance des choses et des hommes. Le jaune, pensa-t-il en regardant derrière lui vers la chapelle et tendant le bras, aurait bien sa place au milieu entre le rouge et le bleu – le jaune est le moyen terme indésirable mais inévitable – il est le dessin même des traces de la fille qui venait de glisser à travers le bosquet et qui y dansait peut-être encore en l'attendant : le vent avait encore l'odeur des lilas, de la douce beauté de la nuit une et multiple, de la robe la plus sacrée.

Plus loin encore, il se trouva devant le creux d'un vieux cèdre, qui dégageait une odeur de sueur, de sève et de lait. Il y grimpa et

---

97 Référence à la temporalité aristotélicienne. L'instant n'est pas un point physique mais ce qui divise le temps en antérieur et postérieur. Celui-ci est à son tour le nombre du mouvement. Voir Aristote, *Physique*, IV.11 et 13.

98 La bile jaune est l'une des quatre biles déterminant selon leur équilibre et déséquilibre le caractère d'une personne et sa santé au Moyen Âge. La bile jaune domine chez les jeunes à caractère colérique, elle est ici appliquée à l'histoire du pays et à sa spiritualité.

99 Il conviendrait de songer ici à la grotte de Kadisha, au-dessous d'El-Arz d'où sort l'eau du fleuve de Kadisha pour descendre la vallée éponyme.

s'assit. Le haut était noir et le tout l'enveloppait d'une froideur moite, sombre mais apaisante, vieille mais éternelle. Ce creux abandonné à l'arbre, cet arbre abandonné au creux se putréfiaient dans les sources de l'atemporel, se faisaient leur propre danse, leur persistance de Stylite[100]. Sur l'air qui y dansait le mot revenait, οιDŽzοιR, se répétait, faisait la vie de celui qui avait occupé les lieux pendant des années, seul et seulement pour répéter ce terme du départ et du retour, de l'origine et du refus. Et Saj'ân pleurait, sous l'emprise de la joie inaccessible, dans l'acceptation de l'opération du désir − sens du mouvement et ses possibilités renouvelées.

Cet espace ouvert à l'assaut impuissant de la colère, c'est l'humain dans ses espoirs, son emprise et son esclavage ; mais il était surtout, à cet instant-là, la définition, le prédicat de Saj'ân devenu le suppôt des principes actifs dans leur mouvement en sens inverse, vers ce qui ne laissait de garder son emprise sur l'esprit tiraillé par l'errance et l'idée fixe d'un corps vacillant. L'histoire de l'homme se dessine en cercles, celle des hommes en lignes brisées manifestant des hauts et des bas, et celle de l'individu en images et formes à contrecourant[101].

---

100   Les Stylites, particulièrement admirés par Saj'ân, dont le voyage en est comme l'antidote, étaient les premiers Chrétiens ermites, vivant sur des colonnes (d'où leur nom: στύλος, voulant dire en grec « colonne ») ou quelque objet élevé, se nourrissant de ce que les villageois ou les passants leur offraient, ou des baies qu'ils trouvaient çà et là. Le plus connu d'entre eux était Siméon, qui y resta toute sa vie et fournit une grande matière littéraire. Cette pratique était répandue surtout en Egypte et en Syrie aux premiers siècles de l'ère chrétienne. Elle n'a pas eu cette ampleur en Occident, où le seul Stylite connu à ce jour reste Saint Walfroy.

101   Voir Friedrich Nietzsche, « *Unzeitgemässen Betrachtungen* ».

'Assi[102]

'Assi, insoutenable, irrémédiable, impardonnable.
A genoux : Hercule, Hippocrate et tous les Jésus.

...À contre-courant
Dans les veines terriennes du Christ,
Vers Hadès,
Dans les mots assourdissants du forcené.

La Grèce craint encore ses estuaires,
Rome recherche ses voies,
Les limes y crient leur douleur,
Et « Oronte » retentit
Dans les décombres de l'avenir syrien.

Ses monts repoussent l'enfer
Dans les retranchements des déesses interdites ;
Le Baal des Hauts-Lieux fête sa victoire
Sur les muses du poète du Pays Blanc
Et crache en mers blêmes ses vitupérations –
Condamnation plurielle des prophètes et des dieux,
Amour du feu,
Demi-dieux du Tonnerre –
À contre-temps.

Il courait depuis plus d'une heure déjà. Les cèdres étaient devenus des sapins quelconques puis des visages allongés et moqueurs, puis une fumée mélangée de myosotis contre des maisons enténébrées.

Et elle, elle dansait encore et encore, elle se pliait en pages de l'histoire et se repliait en sacerdoce et en distance pour encercler

---

102   L'Oronte, appelé au Liban 'Assi, c'est-à-dire le « fleuve rebelle ». Son nom vient du fait qu'il est le seul fleuve libanais à couler du sud vers le nord. Son autre nom, moins usité, El-Maqloub, le renversé, est aussi à retenir pour ce roman, à ce qu'il le reliera au bain « renversé » lui aussi, à El-Minaa, origine et fin du sens de ce récit. 'Assi, enfin, est l'autre nom à donner à Saj'ân, reliant le héros à l'antiquité.

l'amour des choses qui l'enveloppaient. Il ne la voyait plus, elle ne lui échappait pas – elle ne se faisait que la plus présente des guerres déçues.

Plus loin parce que dans l'absence de distance qu'elle se faisait elle n'entrait pas dans l'intimité, elle s'y refusait.

Le poids, le plomb, le ciel, un tourbillon de neige venant du Hermel et de la chaîne indissoluble attendant une autre fin par le plus léger et le plus puissant des éléments.

La sueur glaçait son front plissé de colère lorsqu'il retrouva le cèdre brisé et s'agenouilla, silex et bois à la main, frottant avec ses mains tremblantes. La pensée avait reculé vers les renfoncements des chapelles et ne lui restaient que des images, toutes des espèces de Hauts-Lieux, tous en pierre et allumés. L'odeur des dîners familiaux de fête pendant les lourdes journées estivales, du boucher avec sa robe blanche et ses mensonges, des hommes pleurant Eshmoun-Azar – cette odeur accompagnait chaque image, elle était la matière rebelle à toute espèce, à tout logos, à toute génération ; mais elle était aussi le temps, les instants qui séparaient sans donner sens, qui faisaient la succession des images et le semblant d'une chaîne, d'un monde dont le courroux de l'Homme n'en voulait plus.

Quelques fils de fumée montaient déjà vers les cimes, les images se laissaient relier par de plus en plus de points pour constituer un même Gestalt puis se confondre, devenir le devenir engloutissant, l'objet un et immobile de la connaissance, la finalité propre du savoir, sans abstraction ou dans l'oubli de celle-ci. Le léger, le plus fort, montait vers le ciel, rien ne dessinait dans ses langues, rien ne pouvait s'y exprimer. Saj'ân crachait par terre, le vent lui renvoyait ses postillons et les chevaux des fins répétées, déclarées sur Patmos, reprenaient le fil de la Vie Heureuse[103].
Le bosquet brûlait, le seul bleu visible venait de quelque étoffe déchirée dont on trouvait des morceaux çà et là, toujours à moitié brûlés, aux bords rouges et noirs.

On distinguait dans le bosquet la silhouette d'un homme, qui allait d'un arbre à l'autre, semblait embrasser le feu même qu'il avait

---

103   L'écrivain de Patmos est évidemment le Saint Jean de l'Apocalypse, et la Vie Heureuse est à rapporter à Sénèque, au stoïcisme impérial avec sa chaîne des causes mais aussi ses cycles où le monde est à chaque fois consumé par le feu pour qu'un autre naisse.

mis et s'embraser à son tour, dans un tourbillon allant vers le sud et tournant contre le vent.

Aller à contre-courant sur 'Assi et réinventer les eaux – telle est la destinée de celui qui brûle les terres sans se venger, qui anime les choses pour en sortir les mots de l'histoire.
Les cèdres brûlaient, les flammes montaient, portées par le cri de Saj'ân dévalant, le chancre était éliminé, le chemin reparaissait, et la fille en rouge et bleue reprenait déjà son chemin et son nom.

Dans la chapelle intacte, un visage blanc couvert de suie regardait depuis la porte la tâche bleue s'éloigner. Il y reconnut sa progéniture.

Les pas de Marie

Elle revient voir
Si la légende d'Alissar
Contient encore la marque du salut,
Si l'orge emplit encore le silence des plaines.

Elle revient regarder ses enfants
Et les fleurs de l'adieu
Dans les fumées de Tyr.

Elle veut tomber
Sur l'écueil des nouvelles lointaines,
Pénétrer la ressemblance des sentiers –
Le oui et le non,
Et l'arme qui bouleverse la race.

Elle revient voir
Si les bras d'Alissar l'accueillent encore,
Si la chapelle écrase toujours par la douceur
Les feux et la folie des temples
Qui effacent l'Un de la mort refusée.

Pendant que Saj'ân suivait sa course effrénée, Marie était sortie. Le feu reculait déjà. Elle entendait au loin les cris et les plaintes des villageois. Elle dévalait la pente sud des Cèdres en suivant un sentier qui sentait le myrrhe, la présence d'Alissar, mais aussi, ce qui n'aidait pas à rester sur le bon chemin, la sève de pin et de cèdre brûlés.

Elle songeait au séjour qu'elle avait fait avec sa famille à Baalbeck, aux vins qu'elle y avait bus au temple de Bacchus, allongée, la tête dans le giron et sur la main gauche de Youssef, regardant l'autel de temps en temps, embrassant son amour tout le temps, qui couvrait à son tour ses cheveux noirs de baisers et de larmes. Ils étaient sortis après deux heures face aux restes – cendre, suie et feuilles brûlées – des sacrifices, pour s'allonger sur l'herbe humide du début d'automne et admirer le ciel étoilé traversé par des nuages rougeoyants, se rassemblant en braises sous la Grande Ourse. Elle vit dans ses yeux le reflet interne, insoumis, indomptable du cosmos et de son arrangement divin, dont la perspective était en Youssef celle d'une flamme vacillante et traversée par les épaves des trières d'un autre lieu. Elle saisit sa main gauche et la serra dans les siennes, se voulant rassurante et rassurée.

Ils restèrent dans cette position pendant plus d'une heure sans sentir le froid qui s'installait et sans autre bruit que l'attente transparente de leur souffle dessinant des ombres entre leurs yeux, admettant ne pouvoir englober l'immobilité logique du monde. Ce fut elle qui parla enfin, bouleversée par une inquiétude soudaine.

« Il doit être loin maintenant.

— Oui assez.

— Pourquoi est-il ainsi parti ?

— Tu le sais mieux que moi. »

Quelques minutes de silence suivirent, où elle abandonna la main de Youssef et s'occupa à jouer avec trois fourmis en les faisant passer d'un doigt à l'autre puis sur les bras et les jambes. Youssef se leva alors et regarda l'horizon comme s'il y cherchait quelque réponse, puis la pleine lune derrière les quelques stratus. Pendant quelques instants il eut lui aussi une envie subite de partir, de donner un nouvel élan à sa vie – mais quel que soit celui-ci il ne pouvait l'imaginer sans Marie, cette chair qui lui serait à jamais unie ; et ce « jamais » raisonnait fort, il était fait de tout ce qui déterminait son être. Il faillit le crier, mais il sentit la main tendrement fatiguée de Marie se poser entre son col et son cou, l'apaisant, comme toujours, et tournant son attention vers celui qui était déjà parti.

« Et elle donc ? La trouvera-t-il vraiment ? Puis ce peuple, ces peuples qu'il aime sans les avoir connus ?

— Il la trouvera... Il les trouvera aussi, c'est pour cela qu'il est venu, que nous l'avons eu et élevé. Il faut qu'il trace ce nouveau chemin, "de larmes et de beauté" comme il disait en lisant.

— Il les ensorcellera de sa voix.

— Il a bien ensorcelé sa mère : il t'a ensorcelée.

— Il l'ensorcellera aussi, elle là-bas qui trace un autre chemin, elle pour qui je crains qu'il ne mourra.

— Tant qu'ils se rejoignent. »

Il l'embrassa pendant quelques minutes sur ses lèvres entrouvertes ; son souffle sentait les jacinthe fatiguées, le partage et le passé. Elle avait quelque chose du dieu et ne l'avait que dans ces moments tendus entre leurs débuts et leurs espoirs qui étaient aussi leurs dangers. Sur l'horizon, le mont lui sourit, comme s'il le voyait pour la première fois, comme s'il l'invitait à boire de l'eau de rose sucrée au miel de thym sous un arbre couvert d'une neige légère et fatiguée. Youssef voulait y aller, y emmener Marie en lui racontant les secrets anodins de son enfance et les mirages de ses projets, la regarder retirer de l'eau de 'Assi les statues de cire faites par leurs enfants les jours de fêtes et les pierres blanches de leur asile regretté. « Marie », il balbutia inconsciemment.

Elle ne l'entendait pas, elle le sentait plutôt, son odeur, ses mots inavoués, ce qu'il est et ce qu'il ignorait. Peut-être pourront-ils tout de même le retrouver, la retrouver, leur donner les clefs des choses, des rencontres, de l'union, de l'un... mais elle savait que tout le monde n'était pas Youssef et Marie, que le regard est toujours singulier, que la progéniture, même en allant au-delà du pouvoir et du savoir de ses origines, manque toujours le salut propre à celles-ci et doit chercher leur sens, se tromper, errer. Elle voulait les suivre, les rechercher tous les deux, convaincue par quelque intuition que leurs chemins tout comme leurs histoires, tout en n'allant pas dans des directions opposées, divergeaient et pouvaient ne jamais se rencontrer, rester désir... les suivre, les suivre, les arrêter dans leur vagabondage infini et leur dire ce qu'il en était de leur rencontre, de ce qu'elle fonderait pour tous : un fleuve à deux courants, un fleuve qui déchirerait le monde et le pays.

Il l'entoura de son bras droit et ils sortirent se promener sur les petits chemins éclairés par les fenêtres de quelques maisonnettes le clair de lune. Ils étaient apaisés, ils avaient accepté de ne pas en parler pour l'instant, de laisser les choses advenir, de rester dans leur propre union, leur propre âge qui devait encore se prolonger et atteindre plusieurs fois ses fins, pour que les désirs demeurent.

Un homme assis devant sa porte, à regarder la montagne enneigée et les quelques chauves-souris battant de l'aile des branchage nus d'un arbre vers l'autre, les vit approcher et reconnut Marie.
« Mais c'est Marie, ça. Il ouvrit la porte et appela sa femme : viens voir Hannan ! C'est bien Marie que je vois plus loin là ? »

Elle couvrit ses épaules et sortit regarder.

« Je crois bien que oui. Attends ; elle s'approche. »

Le couple avançait très lentement, conscient de l'horizon, de l'atmosphère, des étoiles, de l'air agréablement froid et surtout de la présence l'un à l'autre des deux qui le formaient. Ils n'auraient certainement pas fait attention à la présence de Hannan et de son mari, malgré la voie particulièrement aigüe et enrouée de celle-ci, caractéristique d'une bergère qui passait beaucoup de temps à rassembler ses troupeaux et à crier sur les enfants qui essayaient d'embêter ses moutons en leur lançant des pierres autant que sur ceux de sa propre maisonnée.

Lorsqu'ils s'approchèrent, Hannan a dû donc crier deux fois avant que Marie n'y fît attention.

« Qui est-ce qui m'appelle ?

— Regarde à droite ! Il y a deux personnes devant la porte là. Je ne vois pas bien qui c'est.

— Mais si, si, c'est Hannan ça. »

Après les embrassades et les présentations, les deux couples se retrouvèrent vite devant le feu ronchonnant au rythme d'une conversation entreprise surtout par des monologues de Hannan sur la vie à Baalbek. Ce n'est qu'en fin de soirée, celle-ci lasse de parler et consciente enfin de sa propre fatigue, que Azar, son mari, se retrouva au calme avec ses invités.

Il se dirigea vers sa cave et sortit une jarre de vin, puis procéda à en défaire le tissu qui l'enveloppait pour ensuite enlever le bouchon. Une odeur alors emplit la salle, mélange de vieux obaideh et de mûres avec un côté fumé qui rappelait le feu, la flamme, l'enfance... Youssef y était sensible, et c'est tout le destin de ses enfants qui lui revint à l'esprit, ceux qui attendaient et ceux qui étaient partis pour refonder le monde.

Azar lui servit le vin dans un verre fumé soufflé à Tripoli et décoré de feuilles de vigne et de lettres araméennes dont le sens lui était indéchiffrable. Il se contenta de boire, pendant que Azar s'était déjà allongé et regardait par la fenêtre et que Marie restait perdu dans ses pensées : Youssef était entre les deux, le plaisir et le souvenir, mais il n'était certainement pas, il le savait, l'entre-deux lui-même, ce qui faisait le chemin allant du vin à sa femme, ce qui était l'avenir d'une autre femme, errante, que Marie chercherait pour toujours.

Le vin revint plusieurs fois, la jarre était presque vide, et aucun des convives ne parlait. La lune semblait pourtant souriante, ouverte, communiquant avec les flancs enneigés et la pluie soufflant l'avenir à l'oreille des champs. Le vin, le sang, la parole inavouable, le désir, l'écriture hésitante de l'histoire coulait vers les ancres des villes côtières.

Musar[104]

Le rubis porte ses 20 ans,
Les armes des monts
Inscrivent leurs victimes sur une paroi –
Elle garde le ton et en fait un partage.

Charbel regarde ses convives,
Un œil sur la Bekaa,
L'autre enfermant la cave.

Les mains se fient à une autre coupe,
Les oranges colorent de leur parfum
La danse d'Obeïdi et Merwah[105],
Libérés de leurs robes
Pour la surprise du corps.

Les rochers retrouvent les flèches[106]
Qui relient Églises et Phéniciens,
Et le mur suinte dans leurs oreilles
Les synonymes du Très-Saint.

Après quelques semaines d'errance, Saj'ân avait calmé son courroux
dans le tronc d'un vieux pin où il passa quelques jours, les yeux
fixés dans la journée sur la ligne de rencontre et de partage entre
ciel et monts, traversés par des images des éléments d'où les visages
disparaissaient progressivement pour ne laisser que couleurs et

---

104   A part le fait que Musar est aujourd'hui le domaine vinicole le plus prestigieux du
Liban, il faut noter que le choix de ce nom n'est pas anodin quant au présent récit, en ce qu'il
signifie le lieu de pèlerinage ou tout simplement lieu sacré visité par les fidèles. L'association
recherchée ici est donc celle de la montagne, du religieux, du vin et du sang. Le domaine
lui-même est situé à Ghazir.

105   Le cépage Merwah, tel qu'il est vinifié par le domaine Musar possède et révèle
en vieillissant d'exceptionnelles qualités aromatiques, dont la plus distinctive est l'arôme
d'oranges.

106   Il faut penser ici aux aiguilles des églises et aux hauts-lieux de sacrifice des
cananéens qu'on a rencontrés plus haut et qu'on retrouve, entre autres, dans le texte
biblique.

mélanges substantiels. Il n'avait aperçu personne, n'avait remarqué que quelques animaux – deux loups au loin, des renards, un aigle pomarin et quelques busards et s'était nourri principalement de pommes et de baies.

Il avait ensuite quitté son tronc, toujours peu sûr de ses pas, et poursuivant ce à quoi il ne paraissait plus penser. Il ne cherchait plus rien, même pas une ombre, quelles que soient sa figure ou ses couleurs. Et pourtant, il marchait, il errait, mais non de cette errance insensée des fous, au moins pas des fous tels qu'on les entend aujourd'hui, mais de celle gouvernée par une exigence inéluctable, motivée par une visée générale et décentrée, celle de la parole qui lui manquait éminemment, qui se manifestait par une privation ressentie, constatée très clairement comme telle. Le calme qui l'avait envahi était donc celui d'une fatigue corporelle et non d'une atteinte obvie ou d'un acte achevé.

Et pourtant, il avait bien atteint un endroit qui se présentait à lui comme naturellement présent sur son chemin ou comme un certain but, une certaine fin insoupçonnée : une grande porte en bois de chêne, un écriteau qui copiait la profusion du village[107] ou son lieu le plus intime : al-Mazar. Face à l'entrée, une cour encadrée au nord et à l'est par un mur de pierres calcaires. Dans le mur est, dans la même ligne que la porte, se trouvait, enchâssée, une vierge en blanc et bleu.

Le porte devint soudain un homme vêtu d'un costume gris sur une chemise blanche un peu froissée, sortant à moitié du pantalon et présentant deux petites tâches rouges, lui conférant ainsi l'air assez négligé d'un maître de chais, ce que l'odeur remontant depuis la cave confirmait. Il regarda Saj'ân, d'abord d'un air surpris puis plus posément, le toisant et lui souriant enfin, avant de lui demander d'une voix grave, en même temps très vivante et rassurante :

« Bonjour monsieur. Vous venez déguster peut-être…, puis se reprenant, vous avez l'air fatigué, vous avez dû faire de la marche. Entrez je vous en prie. »

Saj'ân le suivit sans mot dire, à moitié enchanté par l'odeur et le personnage et autrement trop fatigué pour dire quoi que ce soit. Il l'introduit d'abord dans un grand bureau dont les murs bordeaux

---

107   Le village, comme on l'a vu, s'appelle Ghazir, ce qui fait évidemment penser à l'eau coulant en profusion.

étaient couverts d'affiches de vin, de vignes et de vignobles. Quelques fauteuils modernes étaient dispersés çà et là, au milieu et dans tous les coins, certains couverts de magazines vinicoles, d'autres de formulaires à moitié remplis.

Il ouvrit un réfrigérateur d'où il sortit de l'asha'wan qu'il découpa en cubes dans une assiette et posa sur le bureau avec une miche. Souriant à nouveau, il invita Saj'ân à s'en servir. Celui-ci, n'ayant rien mangé depuis un jour et s'en rendant soudain compte, accepta promptement. La première question revint alors : « Vous êtes là pour une dégustation ou bien pour … ?

— Ah non, monsieur...

— Je m'appelle Charbel.

— Bonjour M. Charbel. Moi c'est Saj'ân.

— Et que faites-vous ici ?

— Rien de particulier.

— Rien de particulier, rien de particulier... si l'on veut.. et c'est mieux que rien.

— Si l'on veut. »

Charbel se leva alors et disparut pendant quelques minutes avant de revenir, l'air interrogateur, et de proposer :

« Je voulais en monter une ici, mais à vous voir, je pense qu'on serait mieux en bas.

— En bas où ?

— Vous verrez. Venez ! »

Le regard de Charbel ne quittait pas le visage de son hôte à l'expression intrigante et singulière, où se mêlaient sérénité et folie, pendant que celui-ci dégustait à petites gorgées le Merwah puis l'assemblage de Cinsault, Cabernet Sauvignon et Carignan. Les murs humides de la cave présentaient çà et là des tâches de différentes couleurs froides ; du lierre parfaitement vert descendait de l'une des fenêtres, s'enroulant autour d'une statue blanche d'Adonis et continuant son chemin par terre jusqu'à derrière une rangée de bouteilles poussiéreuses ; une odeur de cimetières séculaires se fondait dans une humidité noble et douce ; l'eau et la buée suintaient sur les nervures murales et entre les fûts, vieux et neufs ; une lumière électrique et pourtant vacillante éclairait le profil de Saj'ân lui conférant une vigueur et une rudesse sculpturale inaccoutumée. Il ferma les yeux et, pinçant ses lèvres, il se laissa envahir par un blanc plus éblouissant que tout ce qu'il avait vécu sur le chemin des Cèdres et plus chaud que toutes les flammes qui le séparaient encore d'Alissar tout en se constituant comme son élément le plus commun, le plus accessible, le plus liquide. Quelque chose se laissait progressivement déterrer par le souffle de Charbel et au-dessous de ses mains désœuvrées pendant quelques minutes et cherchant le sens des yeux serrés qu'il regardait curieusement, inconscient des imbrications du destin qui sourdait sous les pieds de son invité. Ce dernier, qui en était le premier sujet et le dernier objet, lui, le même et l'autre, en était la conscience mais non l'atteinte de son savoir absolu ; il avançait donc, par son corps et surtout dans, pour et par son esprit. L'instant présent était le moment d'un recueillement inévitablement teinté des abstractions d'un devenir toujours assuré.

Une, deux heures s'écoulèrent ainsi, les deux silhouettes se retrouvant devant trois bouteilles déjà, la lumière devenant moins vacillante mais encore plus tamisée, l'architrave plus distante et comme écrasée, plate, invisible, et la voûte s'affaissant et devenant presque celle, crânienne, qui recevait le pouvoir des coulures insouciantes et éclairantes envahissant les encolures pour laisser des coulées d'imagination en tableaux chez Saj'ân et en interrogations inavouées chez Charbel. Celui-ci n'osait pas au début interrompre les sentiments qui présidaient à cette rencontre, puis il ne le voulait même plus, se retrouvant, pour le dire en termes vulgaires, « dans son élément » - lequel n'appartenait à aucun des quatre, peut-être faisait-il partie d'un cinquième, du cinquième[108], que Gibran invitait dans ses écrits, et encore et encore dans la voix qui ne cessait de rappeler le pays à sa beauté, à boire, à en faire des objets qui contiendraient toutes les aubes douces et fragiles.

Charbel, s'apercevant enfin qu'il était midi et qu'il devait rentrer dans sa famille, reprit la parole, expliquant à Saj'ân quelques particularités de sa cave et de son travail, dont un secret lui permettant de ne jamais avoir de bouteilles bouchonnées. Cela ramena la conversation dans une dimension plus pratique de curiosité et d'exposition.

Saj'ân déclina une invitation à manger chez son hôte alléguant un

---

108   Il s'agit du cinquième élément qui est en dehors du ciel et du monde sublunaire, qui est donc celui du monde supralunaire. Le texte auquel il est fait allusion ici est celui d'Aristote, *Traité du ciel*, Paris : GF Flammarion, 2004, livre I, chapitre 2.

certain rendez-vous. Le chemin vers celui-ci, il le savait et l'avait vu clairement pendant les deux heures d'imagination et de pensée, était tracé par la cave même, ses vins, sa voûte, ses roches — il menait depuis les racines vers les vignes, les vignobles lointains du domaine, sur les flancs du Liban, puis plus loin, enfin abreuvé et étanchant à nouveau et incessamment sa soif, vers le lieu sacré de ces libations insondables : Baalbeck et l'orgueilleux temple heureux de Bacchus.

Baal-cherem dans les bras d'Héliopolis[109]

Élémentaire, l'instrument du miracle :
Il porte soutanes et témoignages de la terre[110].
Arpenté par l'idée qui aspire à son peuple,
Il n'a cesse de dépasser le Tout.

Des Tommouzs se déguisent,
Des lunes se laissent troquer par le mal,
Et le bas devient l'aveugle de l'Erd[111]
Qui ne sait errer.

Hélios se cache sous les manteaux de sa ville
Dont les voix sévères ânonnent l'effacement.

Le verre vide est cassé[112]
Et la barbe trempe dans la surdité du son.
Le paysan étranger décharge les frontières du sang.

Il faisait jour, la lumière était digne du nom de la ville, mais le temple, qui n'avait pourtant plus son toit, était, ou du moins ainsi lui semblait-il, sombre et presque étouffant. Il y restait pourtant, en partie parce qu'il était fort fatigué mais surtout parce que le lieu était presque le reflet exact de ses propres pensées et constituait ainsi un monde et une forteresse temporaire contre ce qui se présentait comme

---

109   « Cherem » signifie « vin ».

110   Il faut ici contraster cet « élémentaire », ce simple – où on ne saurait voir dans la « soutane » un terme purement chrétien, mais juste une référence pure au religieux – proche de la terre, de la vigne sur les flancs du Mont Liban, qui va vers le Tout qu'est le peuple et son histoire, avec « le mal » qui surgit à la ligne 6 de la strophe suivante où la pensée ne sait plus « errer », c'est-à-dire tout bonnement penser, et où elle est engloutie – Hélios ici en est l'expression – par les voix unies, sans identité et potentiellement exploitables à toutes sortes d'entreprises par quelque raison instrumentale, qui occupent les lieux religieux modernes.

111   « Erde » en allemand, « Erd » en ancien anglais, « Ard (أرض) » en arabe : même étymologie et même sens – la Terre.

112   Le « verre cassé » est évidemment la coupe d'éther, de l'aube, de l'expérience et du savoir. Voir plus haut.

réel traversé par une temporalité refusant l'apport déterminant de l'historique. Le lugubre n'était ainsi qu'un confus sensible, qu'un lieu de jugement où la réflexion pouvait se faire tout de même sans être dérangée.

Mais quelle réflexion ? C'est la question qu'il se posait après quelques heures occupées à démêler les souvenirs de la route déjà faite et celle à venir, mais surtout, et c'était le plus inquiétant, à essayer de retrouver le visage recherché qui lui semblait avoir perdu ses traits et se fondre dans les forêts et le feu. Avait-il déjà perdu ce qu'il avait, l'objet ou l'horizon de sa recherche ? Il n'en était cependant pas las, ni dissuadé par aucune des circonstances de ses errements. Il avait donc seulement perdu les contours des objets et en particulier de son sujet principal, parce que celui-ci rejoignait petit à petit tout ce qui était, tout ce qui pouvait l'accueillir et auquel il donnait sens. Saj'ân devait donc retrouver un autre visage, celui du vrai non-anthropomorphique dans sa spécificité mais tout humain dans son universalité. Cela se compliquait autrement maintenant : c'est ce tout humain qui recevait une sexualité, qui se présentait spécifiquement sexué, et nationalement circonscrit ou plus exactement circonscrivant. La recherche, loin donc de sombrer dans une futilité ou dans quelque destinée lugubre retrouvait son vrai visage.

Le soleil colorait déjà l'aube d'un rouge s'étalant sur les sommets blancs et retrouvant le sommeil des vignes en hauteur puis la rosée des champs, lorsqu'il sortit pour poursuivre son voyage et retrouver les courants partant vers la côte. Il eut un frisson qui le réveilla d'une sorte d'apathie où il avait sombré vers une action, une marche, des pas comme enveloppés par une volonté propre soutenue par l'ataraxie d'une recherche ayant retrouvé son sens. En même temps, il entend l'appel d'une voix féminine : « Marcus, Marcus ! » Il se retourne et aperçoit une dame d'un certain âge en jupe noire et en haut rouge en laine. Elle le regardait, le dévisageait même maintenant en lui signalant de s'approcher. Il obtempère.

« Viens ! Viens !... Ah ! Mais vous n'êtes pas Marcus.

— Non madame.

— Je ne vois pas bien de loin mon p'tit.

— Je m'appelle Saj'ân, madame. »

Il vit qu'elle louchait d'un œil, en partie caché sous une larme jaunâtre, que son visage lui était vaguement familier – mais ce fut peut-être l'effet de l'âge qui fait tendre la chair de plus en plus vers une même fin – que sa main droite tremblait alors que l'autre portait un livre bordeaux au titre religieux de *Marche vers la paix de Dieu* et ne portant pas le nom de son auteur, que ses cheveux étaient étrangement noirs – « étrangement » parce que les traits de son visage lui conféraient une vieillesse irritée mais sûre de ses forces encore présentes alors que sa chevelure n'était évidemment pas colorée à la manière ridicule qu'il voyait souvent en ville, elle était luisante, juste assez foncée, avec une raie qui révélait quelques cheveux gris, rien de plus – que sa main droite tremblait tandis que l'autre tenait ferme, qu'elle portait un collant mais qu'un de ses pieds seulement, le gauche, avait une chaussette, noire par ailleurs, qu'elle ne sentait pas le savon ni la lavande, elle ne sentait pas la vieillesse des lieux fermés et des femmes enfermées mais la fraîcheur des jus d'orange et de carottes et de la confiture de coings. Elle le regarda quelques instants et sourit, ce qui eut l'effet, encore paradoxalement, de la rajeunir et de faire apparaître plus clairement la rougeur de ses joues :

« Vous lui ressemblez bien pourtant. Vous venez d'où Saj'ân ? Je ne vous ai jamais vu ici.

— En effet, ça fait bien longtemps que je ne suis pas venu à Baalbeck, et je ne suis d'ailleurs jamais passé par là. Je viens du Nord.

— Et moi, je ne suis jamais allé dans le Nord... sauf une fois pour faire du ski, mais j'étais bien jeune, plus jeune que vous encore.

— Je viens juste des Cèdres.

— Ah, une aventure fulgurante j'imagine... »

Il ne lui en dit pas plus. Elle se retourna alors, ouvrit la grande porte derrière elle, surmontée d'une statue de Marie, et il se rendit compte en reculant qu'il était devant un couvent.

« Entrez ! Entrez boire un thé, vous avez l'air éreinté par votre voyage. Vous n'avez pas marché tout le chemin quand-même ?

— Non, pas tout le chemin.

— Bien, entrez donc !

— Mais, c'est bien un couvent ?

— Oui. Je suis la femme du jardinier, on habite un petit appartement, vous avez le droit d'y entrer, mais pas plus loin, pas là-bas, elle ajouta en lui montrant du doigt une porte métallique décorée de chérubins, du Christ et d'une annonciation en bas-relief.

— Je vois. Je veux bien boire un thé alors. »

Ayant rencontré le mari, il y passa la journée à jouer au jacquet avec lui, en parlant de Minaa, d'Ehden, de la vallée de Kadisha, des grottes que celui-ci avait fréquentées pendant son enfance, pendant et entre les parties de chasse avec son père. Saj'ân fut retenu pour le déjeuner, où George – c'était le nom du mari – descendit dans la cave et revint avec une jarre :
« Je n'ai pas assez d'argent pour acheter les grandes bouteilles de Musar ou de Ksara, dit-il, un peu interdit, mais les types là-bas me filent quelques jarres comme ça de leur surproduction. Ce blanc merwah ira très bien avec la *mjaddra,* ça te fera penser aux tiens. »
Sa femme sourit aux deux en servant le plat ainsi qu'un petit accompagnement de salade aux concombres, d'olives et de thym. Elle s'assit alors avec eux et n'arrêtait pas de taquiner son George au sujet de sa moustache – tantôt elle la trouvait mal coiffée, tantôt trop bien coupée, puis trop longue ou trop sale, et enfin ringarde... Puis tout cela s'arrêta lorsque le mari, patient, ne l'ayant contredite qu'une fois, concernant la date où il s'était rendu à Bekfayya, se mit à réciter les chansons d'Oum Kalthoum et en particulier les Roubaiyyat d'Omar El-Khayyam, qu'il connaissait par cœur, ce qui ne manqua pas d'impressionner Saj'ân, d'apaiser l'œil habitué de sa femme et surtout de faire couler le vin à une vitesse autrement plus importante et nonchalante, laissant des goûtes tacher la table çà et là et couler même sur les bras. Il finit par réciter quelques chants mélancoliques mais d'une mélancolie qui laissait dans les cœurs des palpitations inexplicables, parce que surtout indicibles, de joie et de tendance vers quelque autre chose. Des gouttes coulaient encore sur le bras de Saj'ân, et elles tombèrent cette fois par terre, où il vit des lignes, comme dans un tableau des Fauves, se dessiner, peindre le sol, et surtout un rouge, ce rouge des icônes et des scènes sacrées russes comme message d'amour à Byzance.
Le verre... le verre vide se brisa. Il ne tomba pas par terre, mais se dispersait dans l'espace, sans se dissoudre, sans s'y assimiler, sans que ses morceaux ne quittent le champ visuel, sans que le son n'éveillât quelque soupçon de leur immortalité chez les hôtes laïques, mais en ouvrant le sens d'une surdité, celle de la patrie et du respect, celle du refus d'une larme insoutenable... Derrière la fenêtre, il aperçut alors son visage. Il y vit les reflets des eaux, le reflet rouge

du printemps[113].

113 Pour l'association, qui pourrait étonner, du printemps à la couleur rouge, sachant le sens qu'on rattache d'ordinaire à celle-ci et celui qu'elle a pris plus haut, voir le chapitre suivant.

V – Amor[114]

<hr>

114   Il faut lire un écho du Moyen Âge, se rappeler par exemple Tristan et Yseut, l'amour donc et la mort, les deux se rejoignant, et ici déterminant une sorte de renaissance.

Le Chien

Un cygne – l'insoutenable
Dans le fleuve du Chien, l'appel de Gebel :
Elle passe sur le sang du printemps,
Les ondes de Celui qui s'égare.

La roche – l'étranger
Qui marque le pays,
Les cris des langues
Et les manières des dieux.

Une montagne se creuse,
Retentit dans ceux qui chantent
Celui des Nouvelles :
L'époux d'un Christ.

Le père caresse les dates sans soldats,
L'ennemi repart contre les courants d'Héraclite,
Un chantier creuse le Nom des pas
Parvenus aux stèles
Qui soutiennent les serments du présent.

La créature avale les effluves du mont,
Le lichen guide les tumeurs du pont,
Le pont parle à demi-bouche aux passants,
Les passages laissent leur absence
À celui qui regarde entre les pierres du vent.

Lorsqu'il sortit des eaux, il était couvert du simulacre de ses actes aux Cèdres – « Ces actes ! Ces actes ! C'est ça le bien, et c'est ça la vie ». Le rouge s'était même immiscé dans ses cils. C'était le premier moment du souvenir naissant qui, chez un autre, aurait produit soit la culpabilité des Nordiques soit la honte des Orientaux. Chez lui, cependant, il s'est immédiatement présenté comme chant, comme mots, produits dans la fulgurance du dialogue et des batailles des deux cours d'eau, séparés par leur parcours, intimes par leur distance. Ce qui délimitait et ce qui encerclait c'était, pour la première fois, ce qui soulevait – l'espace était celui du langage se cherchant pour se fonder et établir son lieu et son désir. La recherche était dès lors de traits dépassant le visage lui-même, et le prénom, la marque, le trait, la trace c'était le plus effectif, le plus soi et donc le plus soi-même.

Il s'allongea sur son prénom perdu, Bakdounis[115], dont il prit un bouquet, qu'il croqua, avala, incorpora – la Grèce criait « Adonis » et lui préparait son sacrifice. Il devint alors pendant le temps d'une ingestion ce qu'il est comme corps appartenant à un tout corporel[116] et comme projet vers celle qui guidait encore ses pas.

Il vit les stèles s'envoler depuis le rocher du bord de Nahr El-Kalb, colorer l'air d'un rouge écarlate, cacher le soleil et tomber en morceaux autour de lui, brisés par l'herbe alentour aux lames tranchantes. Il se leva, essaya de les récupérer, les rassembler, mais il finit par éviter la colère et l'impatience des insoutenables hommes sains et les jeta dans la rivière dont l'acide les dissout dans un bouillonnement de souffre et de feu. Il sourit enfin, pris dans une sérénité paisible, celle du conquérant qui connaîtra bientôt le lit d'un hyménée sans chair mais tout corporel, tout incorporé, tout unité, présidé par la démesure du sentiment de tendresse.

Il ne regardait plus vers le transcendant ni vers la hauteur blanche du watan. Il saisit une poignée de sable et l'étala sur le visage et les jambes puis plongea, surpris par ses brûlures dans l'eau impatiente.

Le bouillonnement cessait, la joie des eaux se fit sentir par une explosion d'écumes vertes, de ressacs marins lointains, et d'un envol qui emporta dans une raie noire et apaisante la nudité de Saj'ân. Plus bas, laissé pour mort au bord du fleuve, le rouge déjà pâle de la bête et une flamme figée[117], comme en carton, contre l'herbe verte.

Quelques jours plus tard, des personnes en anorak déblayaient le

---

115   Bakdounis (بقدونس) est le mot libanais désignant le persil. Ce dernier est, en effet, ainsi appelé parce qu'il poussait à l'origine en profusion sur les bords du fleuve d'Adonis. Il est donc le symbole de ce dieu, un fait plutôt oublié aujourd'hui.

116   Note évidemment stoïcienne.

117   Référence au dragon tué par saint Georges. A noter ce passage de l'élément phénicien puis grec au chrétien, passage qui est celui de la constitution de l'histoire qui se fait corps et fait corps avec Saj'ân.

terrain, installaient des affiches et discutaient, entre les souffles du vent et des cigarettes, du dernier festival et de celui à venir. Sous leurs pieds, recouvert de feuilles mortes et de cailloux, le squelette légendaire étiré avait déjà ravalé sa flamme et sentait ses ailes pousser, se préparant pour mille ans d'envol et de feu – Phénix attendait patiemment ses couleurs et ses forces.

Dans le port, trois femmes assises face aux deux bateaux amarrés regardaient le soleil couchant, se caressant les cheveux, s'embrassant sur les épaules et s'allongeant de temps en temps pour regarder le ciel clair, expression des fins atteintes puis reconquises de leur plaisir renouvelé. Le visage de la première, espionnant les felouques des pêcheurs, portait l'expression d'une vertu ayant atteint l'accomplissement de la personne et le bien mélangé ; celui de la deuxième, portant parfois son regard vers les montagnes, semblait un livre ouvert sur une histoire dont la morale avait cédé la place aux lois gouvernant les cœurs et corps de tous ; et le visage de la dernière, éclairé par la peau des deux autres et se retournant souvent vers l'église Saint Jean-Marc, avait tout de l'invisible et peu d'une figure.

Après quelque temps d'ébats insoucieux, de mots chuchotés sur leur peau tantôt blanche tantôt noire, elles s'adossèrent contre le mur en pierre du port pour regarder, apaisées, vers l'église dorée par les derniers rayons de soleil, mais caché, dans sa partie est, dans l'ombre de la citadelle et de son salut séculaire. Il en échappait une fumée qui dessinait un cadre où des images d'Astarte et de Didon s'animaient devant un feu de foyer, leur lieu le plus humble et le plus propre[118].

Le chœur de l'église Saint Jean-Marc portait un rideau invisible. La silhouette recherchée se trouvait devant un cierge éteint et était enveloppée de lumière tout en étant elle-même sombre, comme la mèche d'une bougie, la source de la flamme, l'essence de l'éclairé. Elle lisait les homélies sur le Cantique des Cantiques de Grégoire de Nysse :
« De même qu'il est naturel pour le fer libéré de la rouille par une

---

118   Il s'agit de ce feu du boulanger dont parle Héraclite, et où, affirme-t-il, du moins selon Aristote, on retrouvait aussi les dieux. Voir Aristote, *De partibus animalium*, A5, 645a17.

pierre ponce de quitter la noirceur qui le recouvrait peu de temps auparavant et de refléter les rayons du soleil qui l'atteignent et brillent de mille feux, de même aussi l'homme intérieur, que le Seigneur appelle cœur, une fois débarrassé de la rouille qui tachait sa beauté, retrouve la ressemblance avec l'Archétype...

Celui qui se regarde voit dès lors en lui-même Celui qu'il désire. Ayant le cœur pur, il devient bienheureux, parce que, regardant sa propre pureté, il contemple dans l'image l'Archétype. »[119]

Lorsqu'elle releva la tête pour regarder vers la chapelle à droite puis vers l'autel, ses yeux étaient d'un jaune ocre et répandaient une lumière crépusculaire dans le chœur. Elle referma le livre, avança puis entra dans le chœur dont les murs lui cédaient de plus en plus l'espace jusqu'à ne contenir que ses propres désirs et son soi comme fin, comme dernier mot d'un règne de l'esprit et des fins.

Elle s'agenouilla devant sa propre image.

---

119   Il s'agit de la « Sixième homélie » de Grégoire de Nysse, « Sur la béatitude », réconciliant les deux affirmations de la première épître à Timothée 6, 16 et de Mathieu 5, 8, soit respectivement que « personne n'a pu voir Dieu ni ne peut le voir » et « bienheureux les cœurs purs car ils verront Dieu ».

VI – Dernières hauteurs ou le Vrai

L'Église Saint Geaourgios[120]

L'allié du choriste est un homme étoilé[121],
Le Christ parle encore, à son insu,
Le chœur n'entend plus les ombres perdues.

Le chaton[122] ocre fige les pieds des versets
Et ralentit les nombres
Qui se succèdent pour se confondre –

Ataturke a enlevé des gammes,
Et Salah-iddin crie encore
Pour taire les *Eli, Eli, Lama Sabachtani*[123].

L'église, en bas du village et presque en flanc de colline, soutenait la moitié de celui-ci et puisait sa force et ses pierres dans l'autre. Saj'ân s'était assis devant l'entrée et regardait tantôt en direction de la vaste vallée et du pont en construction, tantôt vers une maison qui surplombait l'église, lui était presque attenante et possédait une grande terrasse en grande partie couverte de branchages et de feuilles de vignes. Quelques personnes y étaient assises sur deux bancs et quelques chaises en paille : une famille et leurs amis, buvant de l'arak, sauf pour deux hommes jouant aux dames et buvant une

---

120   Il s'agit de l'église orthodoxe Saint Georges à Aley.

121   On pourrait dire aussi homme ayant acquis l'éternité, ou du moins « homme cherchant l'éternité », quoi qu'il en soit, la figure ici évoquée est celle de Saj'ân.

122   Pourquoi ce « chaton » ? Il est surtout lié aux petites connaissances théologiques qu'il est possible d'acquérir. Il rappelle, par exemple, *Fousous Al-Hikam* (فصوص الحكم), *Les Chatons de la sagesse*, d'Ibn 'Arabi, où il traite de différentes questions coraniques concernant des prophètes bibliques et ce que chacun d'eux représente sur le chemin de la sagesse. Voir Ibn 'Arabi, *Fousous Al-Hikam* (فصوص الحكم), Beyrouth, Liban, Dar Al-Kotob Al-Ilmiyyah, 2003.

123   Phrase syriaque, le cri du Christ : « Mon père, mon père pourquoi m'as-tu abandonné ? » La même phrase de Mathieu 27, 46 se trouve aux psaumes 22 et 31. Il s'agit ici d'un rappel de l'histoire mouvementée d'une église qui a dû survivre à une longue histoire d'hérésies, dont le monophysisme, et d'invasions.

Cuvée des Anges de l'inhabituel domaine Botrys[124]. Il hésitait à les rejoindre, évitant leur regard à chaque fois qu'ils semblaient le tourner vers lui. Entrer dans l'église, dont l'iconostase était d'une beauté et d'une lumière qui l'éblouissait et l'effrayait sans qu'il en sache ou cherche la raison, ne l'attirait pas particulièrement pour l'instant, ni descendre dans la vallée, aller découvrir un autre village, ni s'abriter dans quelque bosquet. Il ne fit plus mine de rester à l'écart ou de pénétrer à moitié dans le petit édifice saint, et on finit par l'appeler. Ce fut un jeune monsieur moustachu qui le héla :

« Bonjour... là-bas ! On peut vous aider ? Vous me semblez perdu... Je ne vous ai jamais vu dans le village.

— Bonjour monsieur. Je ne suis pas vraiment perdu, je suis juste en randonnée. Je me repose un peu.

— En randonnée ? Mais d'où venez-vous ?

— De Minaa, de Tripoli.

— De Minaa ! Mais vous êtes bien loin de votre ville, et je ne vois pas de sac-à-dos avec vous. Vous faites comment pour manger ?

— J'ai un peu d'argent. Je m'arrête deux ou trois fois par jour pour acheter une man'oushé, manger une fatté... ça dépend où je me trouve. Hier j'ai pris une bonne man'oushé au *kichk* faite sur un *sâj*.

— Eh bien montez donc ! On vous offre un verre. 'Im Michel, tu nous apportes de la *darfiyyé*[125], un peu de *halloum* aussi...Vous vous appelez comment, jeune homme ?

— Saj'ân.

— Saj'ân ? C'est rare ça, non ? »

Saj'ân contourna l'église dont l'intérieur sur lequel il jeta un dernier coup d'œil était devenu sombre, comme si l'on avait ôté ou fait disparaître l'iconostase, et retrouva le long escalier en pierre qui menait à la maison. Il fut accueilli sur la terrasse par deux hommes

---

124   « Inhabituel » parce qu'il s'agit d'un des rares domaines viticoles libanais dont le vignoble ne se situe pas sur les flancs surplombant la plaine de la Bekaa, mais plutôt dans les hauteurs du nord du pays, vers Batroun ou Botrys. Le domaine est assez récent. La cuvée dont il est fait mention se compose de Syrah, de Mourvèdre et de Grenache. Le vin, d'une robe profonde, dégage des arômes de fruits rouges. Il est particulièrement mentionné ici, parce qu'il garde le lien au Nord, essentiel à tout ce récit, ainsi qu'à l'église orthodoxe libanaise dont le siège est aujourd'hui à Broumana. Le métropolitain actuel est Georges Khodr, dont les homélies et autres écrits sortent régulièrement dans le quotidien *Annhar* (le Matin ou le Jour).

125   Fromage de chèvre fabriqué dans les montagnes du Nord du Liban, affiné dans de la peau de chèvre (Daref) nettoyée et salée. Il est vieilli de 6 mois à deux ans environ.

: le moustachu et un homme plus âgé, un peu plus petit, qui lui ressemblait comme deux gouttes d'eau et qui devait donc être son père. Les deux avaient des yeux verts tout comme la mère qu'il rencontra ensuite assise sur un des deux bancs placés contre le mur de la maison et passant de la farine au tamis, pendant qu'une autre femme, vraisemblablement sa sœur, vu les mêmes sourcils en crête et les lèvres fines et serrées, roulait des feuilles de vignes.

Il rejoint l'assemblée où il est invité à s'assoir à côté du fils moustachu qui s'appelait Mourkous. Une odeur d'eau de rose sucrée et de jasmin embaumait l'atmosphère portée par une brise légère. Un bambin suçait du 'innab à l'autre bout de la terrasse, contre le rocher en guise de mur.

« Vous jouez aux dames, aux échecs, au jacquet... ?

— Je joue parfois au jacquet.

— Un verre de vin ou d'arak.

— De l'arak ça devrait aller.

— Bon choix, on a de l'arak baladi mtallat. »

Mourkous lui posait toutes sortes de questions sans être indiscret et se montrant de plus en plus intéressé par les pêcheurs, leur mode de vie et leur capacité à prévoir les journées de Naou ou de pluie. L'arak fut dûment accompagné d'un éventail de fromages, d'olives vertes jeunes au jus de citron et au gros sel en provenance, selon la mère, des salières d'Enfé, d'une assiette de zaatar à l'huile d'olives et même de kibbeh nayyeh qui restait du déjeuner. La bouteille d'arak était vite vide et une deuxième fut commandée, ce qui acheva de déterminer Saj'ân à passer toute l'après-midi avec ses hôtes, qui racontaient à leur tour des histoires du terroir, des contes sur Jiha, son inoubliable âne et ses non moins inoubliables âneries, sur les prêtres indiscrets – fabliaux particulièrement condamnés, mais avec le sourire toujours, par la grand-mère – des nouvelles et des anecdotes sur la diaspora et la famille à l'étranger – connaissait-il le cousin Mario à Angers ou la sœur Alida à Bristol ? Le monde, la France, l'Angleterre devenant une sorte de quartier où l'on pouvait croiser tout le monde si l'on fait bien attention...

Saj'ân écoutait, répondait, rêvait, songeait à la rencontre de celle qui éludait ses perspectives et ses recherches tout en envahissant sa chair comme sa propre maison et son esprit comme son lieu naturel. La vigne et le housroun dessus ne lui pesaient pas, ne l'enfermaient pas, créaient une grille de lecture où venaient se loger les mots, les phrases et les récits pour interagir, se renouveler et se reconstituer dans les esprits. Nous les passerons, dans l'intérêt de notre récit et de la recherche qui l'anime, de côté et passons à l'événement qui marquera une ascension et une rencontre du transcendant et de l'immanent.

Vers 16 heures un homme arriva.

L'homme crépuscule

Éléments lunaires[126] –
Les échardes qui les poussent vers les hauteurs[127],
Aux pieds d'une jeunesse de quatre-vingt-deux ans
Où se pavanent des pommiers
Et s'entortillent des roches
Vers le dieu et son escorte[128].

Les sourcils dessinent les sommets,
Les yeux nourrissent les feuilles des ruisselets,
La demeure s'écroule pour éventrer la terre.
Et lui, seul – le bras tendu
Embrasse leurs commissures incertaines
Et jette l'air incrédule des villes d'Eschmoun[129]
Dans la fosse commune du vent.

---

126   La référence est au clair de lune sur les hauteurs libanaises au-dessus de Aley mais aussi à l'agriculture qui suit, en particulier en ce qui concerne les vignobles, le cycle des saisons et de la lune, ce qui, plus récemment, a pris le nom de biodynamie.

127   Il faut y voir, outre l'éloge de l'homme ici rencontré à Aley, l'allusion à la guerre civile qui poussa beaucoup de libanais à se réfugier dans les villages montagneux ainsi qu'à toute l'histoire libanaise qui est faite en grande partie de tels exodes.

128   Rappel des Hauts-Lieux. Voir « Assi », plus haut.

129   Eschmoun était le dieu phénicien guérisseur de Sidon. Il était vénéré dans d'autres villes aussi, dont Tyr, et jusqu'aux colonies phéniciennes telles que l'actuelle Sardaigne et Kittim (Chypre, occupée par les phéniciens avant les Grecs et destination pour les Libanais jusqu'aujourd'hui) puis, évidemment, Carthage. Son statut de dieu guérisseur explique sa présence dans ce poème qui introduit la rencontre avec Azar, conduisant Saj'ân vers les hauteurs, l'air sain, la réconciliation, la terre dont la force et l'éternité donnent tout son sens à ce passage clef.

Mais le sens s'étend plus loin. Il existait un Asclepius, équivalent grec d'Eschmoun, à Beyrouth. Celui-là était un jeune homme épris de chasse et poursuivi par Astarte (Ashtarout) et ce tellement qu'il n'en pouvait plus et se castra puis mourut Celle-ci le ressuscita alors, le nommant le Guérisseur en lui insufflant la chaleur depuis son propre corps. Il devint alors un dieu. Il existe encore aujourd'hui 'Abr Schmoun, la Tombe d'Eschmoun, un village juste à côté de Beyrouth. Nous avons, en ce qui concerne notre récit, et en associant cette fois le destin d'Adonis à celui d'Eschmoun, un retour de ou vers la vie, une guérison et un effacement progressif des maux d'Adonis dont la répétition est donc une réaffirmation non plus seulement du sacrifice, de l'amour, de l' « amor », mais aussi de l'éternité du retour comme vie.

Sur la terrasse, éclairée maintenant par quelques bougies et une lampe à kérosène, la lumière céda la place à la voix grave mais chantante de 'Azar. Saj'ân sut tout de suite, mais n'en croyant pas ses oreilles et ses yeux, qu'il s'agissait du grand-père de Mourkous, lorsque celui-ci le présenta comme *jiddo.* C'est que le bonhomme qui arriva, jovial, énergique, aux yeux pétillants, paraissait jeune, voire même plus jeune que le père de Mourkous. « Je lui aurais donné 60 ans tout au plus, songeait-il.

— Ça vous étonne que je l'appelle Jiddo ! dit Mourkous qui avait remarqué se surprise.

— Oui, évidemment, puis se tournant vers le grand-père, vous me paraissez vraiment très jeune jiddo.

— Oui, il fait souvent cet effet. On l'oublie parfois. Ici tout le monde le connaît ; ils ne sont plus surpris ; mais voilà parfois des étrangers comme vous arrivent et nous rappellent qu'il est bien vieux mon grand-père. En fait il est juste un peu malentendant. Tu as bien travaillé dans le potager aujourd'hui jiddo ? Il n'y avait pas de *ghtayta* (brouillard en montagne).

—Oui, oui, ça s'est bien passé, répondit-il d'une voix sûre, qui n'avait rien de celles, tremblantes, qu'on associe à la vieillesse.

— Vous savez, Saj'ân, mon grand-père n'est pas allé en ville depuis plus de 50 ans, ni à Beyrouth, ni ailleurs. C'est peut-être le secret de ses cheveux encore en grande partie noirs. Et je peux vous assurer qu'il ne les fait pas teindre comme chez vous en ville. »
Tout le monde se mit à rire, sauf Saj'ân qui, absorbé dans les yeux bleus de ce vieux inconnu, se contenta de sourire. Quelques autres taquineries suivirent, ignorées pour la plupart par leur sujet qui avait visiblement l'habitude de les entendre répétées quasi quotidiennement. Tout le monde s'est retrouvé enfin autour de la table basse. Saj'ân, qui n'initiait presque jamais la conversation, s'adressa alors au vieux :
« Vous avez donc un potager ?

— Comment ? - Il fallait hausser la voix.

— Vous avez un potager ?

— Ah oui, oui. Un potager, un jardin, un verger, et des vignes.

— Ça fait beaucoup de travail pour vous j'imagine.

— Ça m'occupe...

— Il refuse toujours notre aide, intervint un jeune garçon, certainement le fils de Mourkous, vu les mêmes sourcils épais et les mêmes commissures souriantes.

— Et vous avez le temps de vous occuper de tout cela ?

— Je n'ai que le temps... et la terre.

— Et vous avez quel âge Jiddo ?

— Eh bien, ça doit être…

— quatre-vingt-douze, compléta Mourkous. Jiddo, tu devrais lui faire goûter ton vin, Le Merwah. Papa, il t'en reste des Merway de 79 ? C'est les meilleurs, vous verrez.

— Non, non, s'opposa jiddo, il en goûtera là-haut.

— Tu vas lui faire visiter tes vignes et ta maison alors. Il en a de la chance celui-là.

— Oui, il me plaît. Viens petit ! »

Le chemin était court mais raide et ardu, allant à travers rochers et vergers, sur quelques tertres et entre des ruisseaux. Saj'ân arriva plus fatigué qu'il ne l'était à Arz. Une ghtayta venait d'autres sommets, elle était bleue comme les promenades nocturnes, mais la lumière la pénétrait de partout et en faisait un chemin céleste accompagnant la terre. Un silence se faisait un vent venu de lieux plus hauts que les monts et touchant leurs pas qui résonnaient sur l'inexprimable des pages grises de la pierre. Ils se regardaient de temps en temps, les odeurs qui naissaient des hauteurs étaient salées, marines, belles, pleines de Naws impossibles, contradictoires au sein des lieux présents et à venir, et s'ouvrant bientôt dans le foyer du grand-père. Avec tout cela, le plus intérieur de la lueur épousait la rencontre consommée dans la totalité de ses développements, ce que le vieux sourire répétait jusqu'à la demeure qui n'avait de la modestie que le nom et de la gloire que l'indicible.

Le vin à table était bien un Merwah et avait la particularité de contenir en lui, distillés et rassemblés, tous les moments passés à gravir la montagne tout en lui donnant le goût de la terre et d'une mer qui se faisait encore plus proche par l'arôme d'algues insoupçonnées. Un bout de fromage *Changlich* et du pain accompagnait dans une sorte d'invention insolite les mots et les gorgées. Les murs en pierre blancs vers le Nord et plutôt jaunâtres vers le Sud et l'Est et un chat noir timide sous une sorte de petit conifère dépassant par la fenêtre regardaient la scène et y ajoutaient des scènes dont aucun œil n'en garderait le souvenir. La lampe éteinte, armée de la plus grande solitude, imitait la bouteille et le bras de jiddo qui servait l'espoir vacillant de son invité qu'il espérait capable d'innocence. Et plus loin, bien plus loin, sur un autre sommet les restes d'un char et d'un antimissile syriens surveillaient, panopticon indifférent, l'espace nécessaire de l'ouverture et du maintien des rapports.

Le potager mène au verger, le verger aux broussailles et à un autre verger, puis l'autre verger à la répétition des cercles brûlés, puis enfin, aux vignes taillées : le mot du beau et donc de la souffrance.

« C'est là », vint le mot nonagénaire de l'évidence, sous la fierté du maintien de l'impératif des larmes. Le paysage prit alors les couleurs de la diversité d'un récit acceptant ses logiques manquées sous le regard féminin d'un flanc de neiges éternelles au regard doux et pénétrant. L'appel était plus que clair et l'accueil naturel et tressaillant. Entre les vignes quelques fleurs gardaient et prononçaient le rappel de l'inconnu.

Il avait à son compte les empreintes laissées sur la chair que le corps couvrait encore du respect. Il s'allongea sur le sol humide, coffre millénaire des racines défiant celles des cèdres et de leurs brûlures qui avaient semblé ineffaçables. L'écoute devenait corps et le corps pensée. Il y avait là des profondeurs qui se moquaient de celles du Nord et des derniers témoins de l'histoire impitoyable des navires marchands, tantôt fiers tantôt soumis. Saj'ân, repu pour la première fois des sens et des pensées, tendit le bras droit vers le soleil caché mais discernable derrière la robe bleue de celle qui attendait en fuyant dans le semblant du sentier recherché. Il sentit alors la marque ou la trace du discours natal qui n'arrêtait de couler sous les flots assourdissants de la sève. Aucune partie de ce qui était là, ni Saj'ân, ni les mots, ni les lèvres insaisissables du vieux ne tomberaient « dans la fosse commune du vent », mais tout se faisait vent, la vigne donnait le souffle, le temps, et plantait son intemporalité unissante dans le plus profond et le plus récalcitrant du pays. « Suivre la sève », c'étaient les derniers mots de jiddo, c'était l'indice du salut, du don, de l'amour.

VII - Les Lieux des Départs

Σιδώνα[130]

Les ailes solides[131]
Délaissées par les molles épées,
L'enduit et le mucus des tertres de sang[132]
Qui reflètent les visages sur les lames de l'homme de Bouillon[133]... :

L'Église insouciante de la Sagette[134]
Regarde depuis les mots de Maron -
La chaussée se couvre d'attrape-mensonges quotidiens,
La pupille salée bégaie les lettres de Canaan[135].

Le geste lance
Les souvenirs inaltérables et insoumis[136]
Dans les affres des rejets des noirs puits,
Et la foule de l'histoire
Se fait tirade du siècle maudit.

---

130   Sidoon en phénicien, Sidon en français.

131   Ces « ailes » sont celles du phénix phénicien mais aussi de la liberté tant défendue par les cités phéniciennes, tout autant et parfois plus que ne l'était celle des cités grecques.

132   On se rappelle en premier les croisades, mais ce vers évoque surtout la « colline de murex ».

133   Ce Bouillon est Godefroy de Bouillon, un des premiers croisés.

134   C'est le nom donné par les croisés à la ville de Sidon et qui n'est plus vraiment en usage. La ville est appelée aujourd'hui Sayda, soit donc de son nom canaanéen.

135   Respectivement, l'église maronite à Sidon, la chaussée devant le fort croisé de la ville qui donne, comme beaucoup de ceux-ci, immédiatement sur la mer, enfin la côte est celle de Canaan et des mots du dieu de la ville, Eschmoun. L'oeil est bien sûr celui des meurtrières de la forteresse. Celle-ci fut construite en 1228 et cédée plus tard, en 1260, aux Templiers par Julien de Sidon.

136   Sidon est l'une des plus vieilles villes phéniciennes et surtout des plus insoumises, cherchant à garder son autonomie, bien qu'elle fût prise par les armées qui envahissaient le pays. Notons qu'elle eut pour rois deux Eshmunazor ou Eshmunazar, nom qui fait le lien entre le vieux de Aley, Azar, et le dieu de Sidon, Eschmoun, cela est ici encore signe de la réconciliation effectuée par le récit des hauteurs, des côtes et des départs marins passés et à venir.

Elle eut aussi deux rois qui s'appelaient Abdashtart, ou le serviteur d'Ashtaroute. Nous pensons donc évidemment aussi à Adonis, au fleuve d'Adonis et enfin à Byblos.

Le choix de cette ville en premier après le cheminement dans les montagnes s'explique aussi par la présence en elle, pratiquement, aujourd'hui, de toutes les religions principales du pays : maronites, sunnites, chiites, orthodoxes. Avant la guerre on y trouvait aussi une petite communauté juive.

Mais la démarche de la mer
Est enchantée,
La prosopopée des mouettes
Ensevelit la présence
Dans le chantier finissant de l'épopée.

La mer était calme au loin et houleuse contre les murs de la forteresse et les jambes nues des pêcheurs. Saj'ân buvait un thé qu'il avait accepté d'un marchand ambulant en échange de quelques minutes de conversation sur la pêche particulièrement riche cette semaine-là, sur le nouveau gouvernement et sur le décès d'un membre de la famille Fakhouri. Ses jambes pendaient pas loin de celles d'un pêcheur qui lisait dans un bréviaire orthodoxe tout en écoutant la Voix du Liban. Il avait aperçu la présence de Saj'ân, trop désœuvré à son goût, et le regardait, à son insu, entre les passages et les prières.

Une heure passa ainsi. Le pêcheur enleva ensuite sa veste légère et l'utilisa pour couvrir son panier où gigotait un bouri, fraîchement pêché, contre d'autres poissons et entre les fils bleus. Il saisit inconsciemment son bréviaire et s'approcha de Saj'ân qui ne l'avait guère remarqué.

« Bonjour, jeune homme ! Qui attendez-vous ?

— Bonjour…, il hésita avant de continuer : et qui vous dit que j'attends quelque chose ou quelqu'un ?

— Ça se voit… Des gens qui attendent j'en ai vus, ils n'ont pas le même regard que ceux qui viennent pour juste se reposer. Ceux-ci passent leur temps à contempler le paysage alors que vous, vous regardez intensément tantôt l'eau tantôt l'horizon lointain. Ce qui veut dire que vous attendez mais que vous ne savez pas d'où viendra ce qui vous fait ainsi patienter.

— Vous avez raison, répondit Saj'ân, surpris par la pénétration du jeune pêcheur, j'attends.

— Et vous attendez quelqu'un…

— Oui j'attends quelqu'un.

— Et cette personne viendra. Elles viennent toujours quand on est assez patient.

— Peut-être, je poursuis ses traces depuis longtemps… enfin quelques semaines cette fois, mais quelques années avant déjà je l'avais perdue ou presque…

— C'est peut-être pour ça que vous ne l'avez pas encore trouvée...
ou retrouvée.

— Comment ça ?

— Au lieu de l'attendre, vous passez votre temps à la poursuivre,
vous êtes en fait impatient.

— Je n'y avais jamais pensé. Mais elle m'échappe à chaque fois, je
suis donc bien obligé de poursuivre ma recherche.

— Il aurait peut-être suffi de l'attendre, elle reviendra bien un jour.
Il faut bien qu'elle revienne, comme tous ceux que l'esprit du voyage
anime. On ne poursuit pas celle qui part, surtout si l'on veut qu'elle
revienne un jour, c'est tout comme l'histoire. »

Saj'ân remarque le bréviaire dans sa main et fut encore une fois
surpris, cette fois de voir un livre monacal en la possession d'un
simple pêcheur. Ce dernier s'en rend compte et ouvre son livre
comme pour lire, puis le referme et sourit. Il s'assoit à côté de Saj'ân.

« Ça vous étonne que j'aie un livre.

— Non, mais que vous ayez un bréviaire, oui.

— Ah ! Et comment l'avez-vous su.

— C'est écrit sur la reliure.

— Ah oui, en effet... Bon, je l'ai parce que mon oncle est moine, il me
passe pas mal de livres. J'ai beaucoup de temps le matin avant d'aller
sur le marché aux poissons.

— Ah je comprends maintenant.

— Oui, le reste du temps je préfère lire des livres d'histoire ou de
politique, j'aime en particulier Michel Chiha.

— Je n'ai jamais lu Chiha, j'en ai juste quelques souvenirs de nos
livres d'histoire à l'école...

— Allons nous promener ! J'ai assez pêché aujourd'hui.

— Oui pourquoi pas ?

— Je vous réciterai des poèmes. Cela m'amuse, et personne n'a envie
de m'écouter. Je vais vous faire souffrir.

— Ça ne me dérange pas.

— Je me le disais aussi. Vous êtes l'œil d'un cyclone que vous ignorez,
mais vous restez quand-même calme.

— Un cyclone ?

— Oui un cyclone. Venez ! »

La promenade était presque vide, les marchands désœuvrés s'étaient
retrouvés çà et là à fumer le narguilé, des chats traversaient de

temps en temps, parfois avec des bouts de poissons-lapins et de filets entre les dents, des adolescents se reposaient, indifférents, contre ou sur les felouques amarrées ou en réparation, et enfin des vieux faisaient des patiences sur des tables dispersées. Saj'ân et le pêcheur ne se parlaient pas – on entendit ce dernier une seule fois lorsqu'il dut laisser son panier sur la jetée à un enfant de sa connaissance qui assura ce 'ammo Alexandre qu'il serait là toute la journée et garderait le panier « loin des gamins ». Le soleil de midi était encore plus nonchalant que les deux hommes dont la douceur inaperçue touchait. Deux hirondelles de fenêtre passaient leur temps à les survoler, tournoyer autour de la forteresse, se loger dans la fenêtre d'un appartement abandonné, puis revenir les survoler. Ils les remarquèrent enfin, ce qui eut l'effet de les décider de s'asseoir sur un banc sous un oranger et de les observer en allongeant et se massant les jambes. L'après-midi naissant n'apporta aucun changement aux sourires et aux soupirs échangés. Quelques rossignols rejoignirent l'oranger lorsque Saj'ân suggéra :

« On pourrait lire un passage dans votre bréviaire.

— Ou raconter une histoire, ou parler de celle que vous recherchez depuis si longtemps.

— Parler d'elle oui... mais je n'ai rien à raconter à vrai dire, parce qu'elle ne se raconte pas, ce n'est pas une histoire vous savez, c'est la recherche d'une histoire... ou de l'histoire si l'on veut. À la rigueur je dirais que c'est elle qui me racontera, ou c'est elle que je cherche pour qu'elle me raconte, pour qu'elle nous raconte.

— Nous raconte ? Et vous savez qui nous sommes ? Ou qui sont ces « Nous » ? C'est le nom de qui.

— De ceux qui cheminent, qui se retrouvent au bout de milliers de chemins et qui acquièrent alors un nom. Le nom de celle qui l'offre, le montre du doigt comme absent, le prononce.

— Je ne vous suis plus, il y a quelque folie dans votre recherche. Lisons donc plutôt, lisons ! Que souhaitez vous lire ?

— Je vous laisse choisir.

— Je ne saurais. Je n'ai eu ce bréviaire que la semaine dernière, je ne le connais pas bien encore.

— Alors laissons cet enfant choisir ! », suggéra-t-il en faisant signe à un enfant qui passait avec un cerceau sous le bras et un yoyo à la main. Celui-ci s'approcha en dévisageant les deux adultes avec des yeux noirs larmoyants, un air plutôt vif mais des joues hâves.

« Oui 'ammo? Que me voulez-vous ? Je ne veux rien acheter et je n'ai rien à vendre...

— Viens ! Viens ! N'aie pas peur ! Tu t'appelles comment ? demanda Alexandre pour le rassurer.

— Nakhlé.

— C'est un beau prénom. C'est celui de mon meilleur ami. Assieds-toi là ! Tu peux t'adosser à l'arbre.

— Bien, continua Saj'ân en saisissant le bréviaire qu'Alexandre avait déposé sur un pavé cassé, on veut juste que tu nous ouvres ce livre. Tu peux choisir la page que tu veux. »

Le petit Nakhlé obtempéra. Il s'assit et reçut le livre de la main de Saj'ân en souriant. Il le feuilleta pendant quelques minutes pendant que les deux autres regardaient la mer au loin en lui laissant l'arbre. Il parut enfin s'être décidé et les héla : « Ça y est ! dit il, en tendant le livre à Alexandre, j'ai choisi ma page ». Ce dernier saisit le bréviaire, invita Saj'ân à s'asseoir en face de lui, à côté de l'enfant et lut le texte sur la page de droite que le petit désignait :

Dormition

Tu es partie pour le rejoindre
Tu l'as tant appelé,
C'est maintenant lui qui t'appelle.
Tes yeux se referment sur nos espoirs et peines,
Tes mains s'ouvrent, blanches, douces et enfin éternelles,
Ton visage nous éblouit,
Tu nous trouves interdits devant sa puissance pure,
Mais il éclaire le monde
Et nous dit notre salut.
Te voilà ici,
Te voilà partie,
Le voilà qui t'appelle,
Te voilà à ses côtés,
Allongée ici
Dans ta beauté et gloire là-bas.

Lorsqu'il finit de lire, Saj'ân ouvrit les yeux, l'enfant n'était plus là, et la promenade était envahie d'hommes, de femmes et de chiens. Il se mordit le poing, et le sang coulait dans sa bouche.

Beit Saida[137]

À chaque instant
Ses réserves de dépassements invisibles –
La maison porte
Les pieds du Christ sur le sentier,
Les pas pleurent le nom de la mère[138].

La Couronne tombe,
Le gouffre repeint le sublime,
Le chœur souffle l'amour,
Un autel s'étire
Sur la lumière grecque
Et les larmes de Nazianze.

La sœur[139] se fait colonne de feu
Sur l'étoffe de la prêtrise –
Solitaire trace blanche
Sur les murs ecclésiastiques.

---

137   À ne pas confondre avec le village du même nom en Israël.

Cet endroit est ici particulièrement important. Il y a plusieurs traditions quant au lieu de l'assomption de la Vierge qui, notons-le, n'est pas mentionné dans le Nouveau Testament. Il existe ainsi une tradition qui le place en Israël, une autre à Éphèse, où elle se serait rendu avec Jean, etc. puis une qui le place au Liban à Beit Saida (littéralement la maison de Sidon), pas loin de la ville du même nom. Une église fut donc érigée sur le site donnant sur une grande vallée et des montagnes d'un côté et sur la mer de l'autre, ce qui en fait déjà un lieu de pèlerinage le 15 août, date de la fête depuis l'empereur Maurice.

Notons que l'église orthodoxe insiste sur la Dormition de la Vierge et s'oppose à la version catholique de l'assomption pour des raisons qui font rapprocher cette Vierge de celle de notre récit. Le tout porte sur le dogme catholique de l'Immaculée conception établi en 1854 et affirmant que la Vierge était libre de tout péché. Cela pose un problème pour les théologiens orthodoxes pour la simple raison qu'alors Marie n'aurait pas pu mourir dans la chair ce qui est contradictoire, et l'église catholique reste d'ailleurs assez vague sur ce sujet.

Nous disons que cela est important ici, parce que la Marie que nous abordons, et qui est la figure du pays recherché, de ses souffrances, de son sang, de ses réconciliations... est une Marie de chair, une chair unie à celle de Saj'ân qui ne saurait vivre sans la rechercher et la retrouver, une chair aussi qui lui échappe par sa tendance vers le transcendant, son départ corps et âme au ciel et vers sa vérité comme hypostase première qui accomplit en soi la fin de la création du monde.

138   A côté de l'Eglise à Beit Saida, on a tracé tout un chemin de la passion du Christ.

139   Figure secrète ici, cette sœur est aussi une des figures d'Alissar, elle rappelle la relation de chair, celle du frère et de la sœur, avec un amour équivoque qui approche celui qu'eut un Trakl sans ses apports sexuels et avec toute sa transcendance sexuée.

Elle était allongée sur le premier banc de l'église, face à l'autel et au vitrail donnant sur la vallée, la contenant dans le cercle de ΖΦΗC et dans le cœur de l'ω, l'encadrant entre les quatre coins du monde. Elle ouvrait ses yeux à chaque fois qu'elle sentait une brise légère traverser son corps en frissons et regardait la géométrie et la simplicité des murs et des plafonds. Elle avait le teint plus mate qu'avant, un teint de l'expérience qui reluisait comme l'eau d'un roman[140] à chaque fois que quelque rayon de soleil, pénétrant par le vitrail, la touchait par derrière les quelques couches de nuages. Elle avait fait le chemin au moins cent fois déjà et pendant plusieurs jours en attendant une voix familière par-delà les bruits des visiteurs et le bruissement des sources au loin. Les rares qui passaient et les plus rares qui remarquaient sa particularité la regardaient comme une curiosité ou comme quelque belle et triste folle qui n'osait parler ; personne parmi tous ces curieux ne lui adressait la parole, et le curieux n'est pas le questionneur, il n'est pas le penseur, il n'a que le plus fade de la foi – son apport de mensonge. Elle le savait, elle avait non pas la simple compassion mais la pitié comme première intuition du rapport aux autres, et en cela et dans toutes ses conséquences elle se savait l'origine, la *Quelle*[141] silencieuse, dont la parole ne ferait que diviser les possibilités et l'effectivité tant qu'elle n'est pas accord avec ce dont elle est l'appel – celui qui viendra. Elle eut une envie de chanter, de dire les choses telles qu'elles se donnent dans les vagues, dans la totalité qui se fait entendre par la science, dans l'oreille des pêcheurs à l'aube calme et avant le Naww – mais un tel chant ne dépasse que rarement sa source et son monde vers l'éther, quelle que soit la forme de ce dernier, bien qu'il reste toujours derrière la simplicité du mouvement des bras des marins qui dessinent et peignent les distances entre les hommes. Elle dut alors, encore une fois, rester dans son silence et garder son regard sur la non-nécessité mais en dehors des contingences. Elle attendait le crépuscule, elle était tendue à son insu et par son essence, par son manque, vers

---

140   Référence au *Roman de la rose* de Jean de Meung et Guillaume de Lorris où l'eau de la rivière devant les murs du jardin représente l'expérience. Voir la première partie du roman où le thème de la rivière est développé. *Roman de la rose*, Paris, LGF, 1992.
141   Allemand pour « source ».

l'occident[142].

Le soleil épousait les stratus moqueurs sur la Méditerranée, le lieu saint plus bas avait rassemblé les derniers fidèles autour de l'objet de leur prière et de leur culpabilité pour la perpétuation célébrée de leur ignorance de marchands et d'amoureux de l'ordinaire des choses ou du contraire du Christ, le poids des airs insoucieux qui emplissent l'altérité des lieux saints se faisait sentir sur sa tête nue, mais la voix de l'ailleurs lui venait par rescousses inattendues – elle souriait.

Comme lui, elle ne connaissait pas les heures, ou pas dans et par les heures, elle savait surtout vivre en patience et se faire attendre, c'est-à-dire cheminer, mais pour elle le cheminement était errance, posant toujours la finalité sans avoir de fins – elle avait en cela ce qu'il n'atteignait pas, elle avait son apprentissage.

Le vent soufflait des invitations aux détours de la nécessité. Elle se tourne alors et se dirige vers le tracé de la passion dont elle fut le mot du destinal. Elle s'en imprégnait, comme elle le faisait dans tous les lieux qu'elle visitait, qu'elle quittait, d'où elle était souvent pourchassée, pour le grand dépit de ceux qui l'avaient enfantée dans la chair ou comme corps.

Arrivée au fond de la vallée, elle n'apercevait de l'église que son aiguille et du soleil que sa couleur d'absence. Elle s'allongea sous un tilleul qui cachait ses jambes soudain nues et ses hanches lasses des bancs et des côtes. Elle regarde alors le ciel légèrement rouge et y voit la tombe de sa famille, ce qui réveille son amour et son sourire.

Plus haut, derrière elle, les pas pesants d'une bête s'enfonçaient dans le sol humide, et sa noire peau se fondait dans son ombre dont elle ne se séparait que par les gouttes de salive grise qui coulaient le long de son cou ou tombaient pour laisser un fil acide derrière elle, brûlant la terre. Elle s'approchait, guidée par le seul espace ne dégageant aucune odeur connue, aucune peur de proie.

Plus haut encore, sur le Chouf et sur la forêt de Barouk, il pleuvait des cordes presque blanches, mais les animaux sortaient au lieu de se cacher dans leur terrier, piétinant herbe et champignons,

---

142   Plusieurs choses sont à comprendre ici : le crépuscule doit rappeler, nous l'avons vu, l'*Abendland*, la Terre du soir qu'est l'occident ; il doit faire penser à « celui qui viendra », Saj'ân, à celle qui partira, Europa qui quitte la côte libanaise pour fonder un autre continent ou, plus précisément, pour se fonder puis à Saj'ân qui la suivra ; et l'insistance sur la chair dans le récit doit rappeler « le crépuscule des idoles », la *Götzen-Dämmerung* de Nietzsche et le retour du concept à sa naissance dans la vie.

allant par monts et par vaux et se dirigeant vers la côte.

Sur la côte des vagues soulevaient des felouques, frappaient les navires marchands dans les ports de Beyrouth et rapportaient des épaves noires sur les plages et les rochers.

Les pêcheurs de Sidon rentraient chez eux bredouilles, d'autres partaient plus vers le Sud.

À Beit Saida, les enfants dans les rues s'étaient retirés et avaient rejoint, cois, leurs parents pour le goûter, mais sans appétit et dans l'expectative. Ils souriaient sans savoir pourquoi et surtout pour qui, ce qui étonnait les parents.

Des colombes et des corbeaux faisaient la course autour de la coupole byzantine de l'église, puis esquissaient différentes danses au gré du vent, de ses chants et des leurs, avant d'aller vers la vallée dans un va-et-vient qui retraçait le chemin de la passion puis d'Alissar.

Dans l'église, sur l'autel, des braises déposées par un enfant en rouge brillaient, incandescentes, éclairant la croix et le visage de celui-ci, debout et regardant le dôme où il voyait, de son regard éperdu, l'étoile du Nord éclairant un ciel nocturne et y ouvrant une brèche.

La terre entourait les jambes et les bras embourbés d'Alissar qui, les yeux fermés, revoyait pour la énième fois le dos de ceux qui avaient enfanté ses années et ses siècles.

À Sidon, Alexandre, seul dans sa chambre et repu d'un poisson préparé à la harra par sa mère, lisait dans un livre de son oncle, avant de reprendre Le fou de Leila. Il arrêta sa lecture au passage suivant de Saint Ephrem[143]:

Nous sommes tous dans le cœur infatigable de Marie,
Nous sommes tous dans chacun de ses souffles,
Et elle occupe chacun des nôtres.
Elle est, je n'aurai cesse de le répéter,
La terre, la terre, la terre,
Là où nos âmes réunies,
Là où nos âmes comme Église,
Sont semées et grandiront,

---

143   Saint Ephrem est important dans l'église orthodoxe autant que dans l'église catholique, d'où son évocation ici sous le signe de la réconciliation. Il a beaucoup écrit en syriaque, ce qui augmente son importance ici.

Là où est né et rené le monde.

Son visage était encore plus rouge, plus bronzé, mais encore plus un visage d'enfant, avec ses joues rondes et ses yeux sereins mais maintenant aussi pétillants, lorsqu'elle prit le chemin en flanc de colline vers la mer. Elle regardait droit devant elle jusqu'à ce qu'elle aperçut très clairement la mer et ses ressacs, qui se calmaient au fur et à mesure qu'elle s'en approchait. Son visage, tout en gardant ses couleurs et son expression, redevenait lumineux, pur, brisant les murs des bruits et épousant le retour du silence, l'avènement de l'enfance qui se retraçait en dehors des cris d'enfantement. Ses pieds nus gardaient la couleur et la substance de la terre.

Ŝour[144]

« Je ne cèderai-pas »[145],
Depuis les premiers flots lettrés ;

« Je ne cèderai pas »,
Le cri, dans les pierres des temples ingrats de Salomon[146] ;

« Je ne cèderai pas »,
Les sanglots, au sein des cœurs sarclés[147] ;

« Je ne cèderai pas »,
La pluie, sur les premiers ponts déserts[148] ;

« Je ne cèderai pas »,
Le crachat, au visage du Jéhovah maculé[149] ;

« Je ne cèderai pas »,
Le cri, au visage de l'Assyrien désemparé[150] ;
« Je ne cèderai pas »,

---

144   Tyr. Le nom de la ville signifie « falaise » ou « rocher », ce qui s'explique par le fait qu'il y avait deux Tyrs, séparées par un détroit, dont la première était sur une île et l'autre sur le continent. La ville insulaire possédait deux ports, le port sidonien au Nord et celui d'Égypte au sud, symboles de son regard sur l'Asie, voire l'Europe, et l'Afrique, que les Phéniciens furent les premiers à contourner. La ville est habitée sans interruption depuis au moins le début du troisième millénaire av. J.-C.

145   « Je ne cèderai pas ! » La phrase retentit et se répète dans tout ce poème, Tyr étant le symbole consacré de la fierté et de la résistance phéniciennes à l'occupant.

146   Le temple de Salomon fut construit par Hiram, roi de Tyr au dixième siècle et ami très proche de Salomon. Les fouilles archéologiques ont révélé à quel point le temple dédié au Dieu de l'Ancien Testament était une copie exacte du temple de Melqart et Astarte. La mention de Salomon ici est donc pour rappeler et regretter ce rapprochement et pour conjurer l'oubli.

147   Les cœurs sont ceux, antiques, des habitants de Tyr, assiégée par des troupes à différentes époques et subissant des invasions.

148   Les « ponts », les antiques liens entre le Tyr insulaire et le Tyr continental, qui sont ceux entre la force et la protection de la mer et la vulnérabilité de la terre.

149   Un crachat des dieux, des baals, phéniciens, de Melkart, d'Astarte... contre le Dieu unique du monothéisme et de l'Ancien Testament et un lien à reconstruire avec la diversité et la beauté des dieux grecs.

150   Tyr avait trouvé un compromis avec les Assyriens, ce qui lui valut la désapprobation de son alliée Sidon et la fin de leur union en un seul royaume, le fleuve Litani devenant de facto la frontière entre les deux royaumes alors plus vulnérables.

Le souffle, dans les ouragans incessants de la mort.
« Dans le mort je danserai »,
Le cri, non je ne cède pas
Et jamais ne cèderai.

Il sentait pour la première fois de son existence ce que signifiait le terme « poids du monde » qu'il avait tant croisé dans les écrits des Pères et de quelques penseurs qui lui avaient paru excessifs dans leurs propos. À travers l'Arc de triomphe, où il était assis, la mer offrait la liberté, la ville l'histoire inébranlable, mais l'arc lui-même, ses pierres et ses entailles, était la concentration des deux et le poids de leur conflit. Il avait là tous les sentiers suivis, tout son parcours, toute sa recherche, ses attentes et son action dans l'ouverture guère soutenable de la ville antique et médiévale.

Tout donc lui signifiait l'abandon, tout lui demandait de céder, d'aller vers le Sud et de mourir sur le front ridicule pour échapper aux puissances contraires. Prendre, reprendre la mer, et surtout se laisser ressusciter par la force du rocher réclamé par le continent serait demander une histoire faite de départs, d'une peur incertaine et étrangère à la crainte, d'un élément terrien par trop hésitant et par trop absent malgré ses dieux dont le souvenir informe encore le tout du watan. Rester tourné vers la ville médiévale ce serait refuser le mouvement, le changement, le devenir, les apports qui permettent la pensée dans son mouvement et son repos. Ni l'un, ni l'autre choix n'étaient possibles, il était comme à la surface de l'eau, ne pouvant se noyer ni s'envoler, et pourtant là, présent pour les profondeurs presque inaccessibles, insondables, et les hauteurs qui resteraient toujours le lointain du dépassement, du regard qui ne pouvait être que pour et par le lointain, que par l'idée. Aucun des deux ne saurait être récusé ou refusé ; aucun des deux, une fois aperçu dans sa plénitude, ne pouvait se dissoudre ; chacun prétendait légitimement à la considération et la détermination de l'existence de celui qui en porterait le destin, de celui qui le porterait, qui en supporterait le poids. Mais les deux se refusaient, s'excluaient de loin, ne s'accordaient point, ne voulaient pas s'entendre, encore qu'ils parlaient un langage différent, qu'ils s'imposaient différemment sans le savoir.

Il n'arrivait pas à se lever, à se débarrasser du fardeau enfin rencontré dans sa plénitude et aperçu dans ses conséquences, il devait pour la première fois depuis des années d'errance l'assumer, mais n'en était pas encore parfaitement conscient – ce qui est séparé s'entremêlait encore dans son esprit au lieu de trouver son accord. Ses jambes étaient engourdies par un froid paralysant qui lui venait de la terre ; mais celle-ci se réchauffait petit-à-petit, il sentait sa chaleur et voyait se profiler des deux côtés de l'arc des fissures arrivant de la mer et de la ville et finissant en lignes concentriques se multipliant et se superposant autour de lui.

Il retrouve alors son élan, la force concentrée de ses pérégrinations, le désir dans sa constance et sa résolution à ne jamais s'évanouir contre et dans l'assouvissement, l'œil maternel de la ville qui appelle la mer depuis son centre, son noyau intime. Il se lève, aperçoit une fillette qui le regardait d'un air curieux depuis apparemment quelque temps, puisqu'elle observe qu'il « n'a pas bougé depuis tout-à-l'heure », et qu'elle voulait lui offrir un jus d'oranges pressées par sa mère.

Il avance vers elle, lui caresse les joues en la remerciant. Elle court alors dans une venelle et revient avec un verre débordant. Il le prend, le boit en la regardant et remarque que ses yeux avaient chacun une couleur différente, le gauche, dans lequel la mer et le ciel se reflétaient était bleu et le second, qu'une pénombre cachait à moitié, était vert mais aussi un peu couleur de miel, comme on dit des yeux marron clair. Il lui sourit, se sent soulagé ou plutôt rassuré quant à ce qu'il doit faire et part aussitôt vers le centre ville, guidé par un nouveau savoir dans une conscience dans l'efficace de ses premiers interagissements.

Il arriva à l'église Saint Thomas quelque peu fatigué mais tout aussi éveillé. Un prêtre officiait pour un maigre public de deux vieilles dames et d'un enfant. Le prêtre était à la fin d'un sermon sur la passion ; l'une des femmes pleurait son âge et celui de sa conscience apaisée ; l'autre regardait une croix en pierre dans l'une des chapelles ; l'enfant jouait de leurs émois dans un carnet de dessin.

Il n'était déjà plus là, et pourtant tout disait sa présence, tout proclamait sa victoire. Des femmes le pleuraient en souriant, ses disciples criaient leur douleur en préparant son retour, ses parents oubliaient sa provenance et entraient dans son année, le temple s'ouvrait tellement pour l'accueillir qu'il se déchirait pour devenir son lieu incommensurable.

Il n'était déjà plus là, mais il était partout, il était le là, le lieu de tout, il contenait le tout mais était aussi une conscience de tous les singuliers qu'il contenait.

Il n'est plus là, il n'est pas, et pourtant son corps, sa chair, son sang est en chacun de nous.

En lui se réconcilient la chair, le corps, l'esprit, la terre et le ciel, les hommes et ce qui les transcende.

Il est toujours et encore l'efficace de la réconciliation.

Les pas de Saj'ân s'allégeaient des accumulations temporelles de ses passés et de son dernier voyage. L'arc de triomphe était encore debout pour et face à la mer et aux habitants insouciants, mais il s'était aussi effondré pour sa propre gloire. La terre exprimait sa permanence et sa productivité, sa vie, son secret en accueillant celui qui la rejoint par sa mort comme Dieu. Une fumée, celle des moissons lointaines et oubliées, se dégageait de la terre et de la mer et venait jusqu'aux pieds de Saj'ân, qui, inconscient de ses événements, s'approchait de la chapelle nord alors que le prêtre et son petit public quittaient les lieux.

Il n'avait jamais été assez malhonnête pour prier, mais toujours assez naïf pour lire. Un livre blanc avec les lettres ματταν[151] était posé fermé sur le lutrin de la chapelle. Ce dernier était le seul à ne pas être envahi par des cierges de superstition, mais il avait la hauteur et la simplicité du recueillement, où une peinture de l'annonciation illuminait de son bleu reflétant un rayon de soleil les deux bancs et une partie du visage qui lisait et du livre. Saj'ân l'ouvrit avec une certaine assurance et non sans quelque curiosité, mais le contenu du livre, contrairement à son titre, n'était pas en grec mais en araméen dont il ne déchiffrait que les lettres. Il le feuilleta pendant quelques minutes et le sentit dégager une odeur de terre mouillée, non pas cette odeur qu'on retrouve sur les livres longtemps gardés en cave, mais une impossible, comme la terre brûlée après une pluie estivale venant réduire l'aridité du sol et des hommes. Il ne pouvait en avoir assez. Au milieu de la dernière page, qui présentait une tâche rouge tout comme,

---

151   Mattan était le père d'Elissa ou ici Alissar, la princesse de Tyr. Celle-ci fit entrer Tyr dans l'époque de la plus grande extension de ses domaines, jusqu'à la fondation de Carthage.

le remarqua-t-il maintenant, la couverture, il lut : ɋıDŽzɋıɌ.

En tournant la page pour se trouver face à la quatrième de couverture blanche et vierge, il décida de ne pas reprendre le chemin du Sud ni de retraverser les montagnes.

Il écrit quelques vers sur la couverture, sa main lui semblait l'expression immédiate et pratique de sa pensée :

'Anjar

La ville a ses désirs,
Elle en expose les vertiges bariolés,
Les rejetons de ses délires.

Des couches entourent d'histoire ses intestins,
Des caducées percent les cœurs de sa progéniture,
Et le livre s'enroule autour de ses prophètes
Pour étrangler la voix maligne du sang.

Elle regarde, plus loin, les destins d'une autre[152],
Elle regarde son destin –
Dans les soubassements des fiers immeubles,
Les pêcheurs engloutissent leur vécu,
Et l'eau retourne, comme toujours,
vers l'insouciance des fanaux chalants.

---

152   Tyr.

VIII - Retour

Hammam el-Makloub[153]

Ta maison dérive
Sur les précipices juvéniles[154],
Tes idées tanguent
Sur l'indésirable d'Israël[155],
Ta fenêtre regarde
Les horizons de Saint Thomas[156].

Sur l'aube sarclée de velléités
Pendu au bras des tuiles,
Dompté par la pierre enragée
Et apaisé par les écumes.

Des fosses saturent tes satyres
Et étouffent tes rires –
Malin tu restes
Et Malin ce désir qui nous rive.

L'homme qui le suivait depuis quelque temps descendit la falaise vers les rochers, où il s'installa pour pêcher, son panier contenant des appâts et une petite radio. Saj'ân s'approchait, pour la première fois

---

153   Il s'agit de thermes ou de bains sur la côte d'El-Minaa. Le nom signifie : « le bain renversé » (الحمام المقلوب). On raconte qu'un jour, ces thermes furent renversés lors d'un grand *Naww*. Des légendes entourent les lieux. On raconte aux enfants que les gens qui habitaient le lieu furent châtiés par les dieux pour leur manque de foi. On dit aussi que le lieu est hanté, et personne ne s'y aventure.
    Si Saj'ân y finit son périple c'est parce qu'en effectuant son voyage ; il a renversé ou retourné les choses et les valeurs rattachées à l'origine et à sa recherche.
154   Il s'agit des falaises devant le hammam el-Makloub. Ses « précipices » sont dits « juvéniles » par référence à l'enfance vécue – et non vécue ou ratée – et retrouvée.
155   Lorsqu'Israël attaque le Nord du Liban et en particulier El-Minaa en 1984 elle bombarde ce site-même.
156   Retour par le doute, encore et toujours (voir le chapitre précédent). Ici, il s'agit de l'église Saint Thomas construite sur ce qu'on appelle aujourd'hui l'île de la Vache. Voir plus haut, « Le Départ ».
    Notons que depuis el-Hammam el-makloub, où se trouve Saj'ân, on ne voit pas normalement l'île de Bakar qui est un plus au nord. Il faut s'approcher plus de la falaise pour l'apercevoir.

de sa vie, de l'entrée du hammam. Il y arrive, interdit, se ravise, et se met contre le mur ouest et regarde vers la mer. Depuis sa position assise, il ne voyait plus les rochers plus bas ni ce qui s'y passait. Le soleil colorait l'occident de mille histoires étendues aussi paisibles que lui dans leur indifférence.

Il avait fait le tour, pensait-il, le tour des lieux possibles et nécessaires, le tour de la question, et enfin celui qui englobait les deux dans ses mutiples sens et déterminations : le tour d'Alissar, de son corps et ce qui de sa pensée se laissait ouvrir.

Il fallait, cependant, s'avouer vaincu sur plusieurs niveaux : il n'avait pas tout exploré, il n'avait écouté personne, il s'était perdu mille fois, s'était fié à ses impulsions, et même à considérer que tout cela faisait partie de la quête en question, le résultat était bien là : il n'avait surtout pas retrouvé Alissar, elle n'était pas là, assise à côté de lui à lui offrir ses secrets à lui et les siens. Et pourtant...

Et pourtant il y avait là quelque chose de terminé, et il savait qu'il y avait eu accomplissement dans cet achèvement, le chemin avait retrouvé sa finalité propre, et c'est tout ce qui importait, puisque celle-ci était le but premier et l'identité du parcours : la forêt des cèdres, qui brûlait encore, sans passion et sans haine répétait et répéterait le mot de l'histoire, qu'à part lui, peu de gens écouteraient, et tant pis pour le commun des mortels qui fait l'histoire et sa conscience et reste lui sans conscience historique.

Puis le visage, l'autre, l'altérité absolue, puis l'esprit qu'elle était, avait rejoint son intimité propre, celle de la terre, qui n'était donc plus perdue. Alissar était enfin don pur.

Et enfin, les fleuves – et que de fleuves dans cette patrie, guère de rivières – avaient atteint le signe qui les disait le plus proprement : un aller-vers-le-cœur, un refus de l'absoluité sans devenir et du devenir banal comme changement sans finalité, une maturité temporelle dans laquelle le fondement s'avérait toujours là et toujours tendu vers l'avenir, toujours plus qu'un simple espoir – la source du christianisme et de son attente était toujours un dépassement immanent de celui-ci et plus que l'inconditionné qui se disait l'enfant de ce même christianisme.

Ce qu'il y avait de plus « parlant » à cet instant, c'était la voix qu'il entendrait désormais dans chaque pensée et qui lui venait depuis la pierre du mur inconnu ou inconnaissable et de l'horizon sud : la voix de Tyr et le contenu de sa volonté avérée[157]. Les choses devenaient claires : là le retour, mais le retour toujours nouveau parce que porté par le regard qui dépassait Chypre, l'apport des premiers[158], et retrouvait la plus lointaine des côtes, celle qui portait le nom consacré de la sœur[159] et de l'amour – celle qui s'appelle destin. Le visage était alors, qui l'aurait soupçonné ? la voix ; puis la voix, et là il l'avait depuis quelques jours bien assimilé, était l'écriture, le mot, de gauche à droite puis de droite à gauche, mouvement et transformations prévus par la nature de la cire et de la main – le don intime et ouvert du pays.

Mais la main, celle qui s'agrippe, celle qui tient le stylet, qui guérit en pénétrant dans la chair, celle qui prend la plume, est aussi, à cet instant du voyage, celle qui s'ouvre et qui suit le bras tendu vers le destin du soleil couchant, toujours plus rouge, ardent, mais toujours plus apaisant, offrant le salutaire de la rencontre et d'un autre fondement inscrit en lui depuis ses premiers pas.

En remontant la falaise, Jirjis aperçut la silhouette de Saj'ân qu'il reconnut cette fois, n'ayant plus le soleil dans l'œil. Celui-ci, qui l'avait pris pour un pêcheur quelconque tout à l'heure, s'étonna de voir qu'il s'agissait de l'homme qui lui rappelait toujours les mots sacrés et le toucher tendre de son enfance. Il lui sourit, prêt désormais à tout entendre, à tout découvrir et moins pris dans la fange du désordre des récits.

« Vous êtes de retour donc, Saj'ân.

— Oui, il le fallait bien.

— Je savais que je vous retrouverais ici, mais pas si tôt.

— Moi non plus, je croyais le voyage plus long... d'ailleurs, à le considérer hors du temps, il l'était, il l'était, il était...

— Je comprends. Je vis au rythme de la mer et de ses Naws, chaque jour est différent, mais ils sont tous là par et pour la nuit, le jour pour nous autres les pêcheurs est bien la nuit, puisqu'il vient d'elle comme elle vient de lui, sinon la mer n'aurait rien à nous offrir...

------

157   La volonté de fonder les colonies phéniciennes qui iraient à la découverte s'aventurant par-delà le continent asiatique et par-delà la Méditerranée.

158   Les premiers sont évidemment les phéniciens qui avaient occupé Kittim avant les Grecs.

159   Europa, sœur de Cadmos, dont Saj'ân est à ce stade du récit la figure emblématique. Le natal, le Liban, fonde l'Europe ou s'y retrouve.

Et ce que tu cherchais donc, l'as tu trouvé ?

— Celle que je cherchais...

— Oui.

— Oui et non, mais je suis satisfait de mon travail.

— Parce que c'était du travail ?

— Oui 'ammo Jirjis, tout comme le vôtre mais autrement, d'une autre manière.

— Et maintenant ?

— Et maintenant ?

— Et maintenant qu'est-ce que tu comptes faire ? Tu vas la rejoindre donc j'imagine.

— Je ne sais pas.

— Je te le dis : je te connais, je te sens, depuis tout petit tu as toujours eu l'air ailleurs. Sur la jetée tu suivais les pêcheurs, les marins et les tâcherons, tu les épiais pour voir ce qu'ils laissaient tomber ou jetaient ; entre les rochers, tu passais ton temps à chercher les crabes les plus rouges et les coquillages les plus colorés pour les montrer aux copains – au moins c'est-ce que tu disais, mais moi je vous ai vus les manger à côté du Hosch[160], puis aller dérober quelques grappes de *housroun* – tu as toujours aimé le housroun, p'tit malin – puis tu partais seul pendant des heures à regarder la mer ; je te voyais aussi en hiver, seul derrière Mar Elias, à lire quelque livre parfois même sous la pluie, avec la mer déchaînée devant toi – c'est quand-même particulier, tu en conviens, tu en conviens, répéta-t-il en ricanant ; parfois tu venais me voir et tu me posais toutes sortes de questions que je ne comprenais pas toujours, toutes autour de l'origine des choses : d'où venait ce mollusque-ci, ce poisson-là – tu étais particulièrement fasciné par le batrise, parce que je t'avais dit qu'il était venu de la mer rouge par la canal de Suez, tu voulais absolument savoir, carte à l'appui comment il a fait pour venir, c'est comme ça, tu me disais, qu'il avait peut-être perdu toutes ses arêtes ; tu me demandais même pourquoi on était dans cette ville et pourquoi on faisait partie de ce pays, puis tant d'autres choses. Mais je ne m'en lassais jamais à vrai dire, tu me faisais rigoler avec ton sourire et tes yeux bleus, en même temps très vifs, pas comme les

---

160   Non loin du Hammam el-makloub, il y a un camp, *hosche* (حوش), de réfugiés kurdes.

yeux américains, et très mélancoliques, comme ceux de ton grand-père... ah, qu'est-ce qu'on a bêché ensemble dans l'oliveraie de ta famille à Koura.

— On ne change guère 'ammo.

— Non, on ne change guère, mais on apprend, et les choses changent autour de nous.

— Souvent, oui.

— Alors, tu vas la retrouver ta copine.

— Ma copine ?! Il ne put s'empêcher de rire.

— Tu l'appelles ce que tu veux, mais bon, tu as fait tout ce circuit ou tout ce voyage pour elle, tu devrais la rejoindre où qu'elle soit.

— Oui, oui, je la rejoindrai.

— Où qu'elle soit !

— Où qu'elle soit. »

La nouvelle promenade avait laissé peu de place pour les anciens rochers au-delà de Mar-Elias et beaucoup trop aux promeneurs, qui étaient peu nombreux, heureusement pour Saj'ân qui avait particulièrement besoin de silence le lendemain de sa rencontre avec Jirjis et de la soirée passée chez une connaissance qui posait peu de questions.

Il n'osait toujours pas regarder vers l'est, il observait plutôt les navires au loin, les felouques couvertes de filets de pêche bleus et le mont Mouhsin plus loin. Ce dernier, toujours source de crainte pour lui, avait maintenant un côté apaisant ou du moins indifférent, sans nuages ni sentinelles[161]. Quelques *bouris* se faufilaient entre et sous les bateaux, puis partaient plus loin, sans quitter la sûreté de la rade, celle-là même qui garantissait, outre leur protection, leur capture facile.

Après un va-et-vient entre le port et les tours de la ville, il se tourna vers le quartier de la poste, il se dit qu'elle était peut-être toujours là et qu'il avait juste refusé de la voir.

---

161   Voir plus haut « La tour de Minaa ».

Repos de Minaa

Cicatrice – Minaa
Minaa dégringole...
Elle envahit le verre des ses îles
Sans rencontre...
Elle peine à encercler le cèdre,
S'allonge sur le passé d'oranges
Et se réduit à la tortue des toits [162].

Elle a menti par amour de ce qui fut
Et dansé sur l'entière race de Circé[163].
Son lointain est Adonis
Dans l'huile et le blé ;
Son intime est le moi de chaque début écrit
Et sans les fins.

Une serviette de bain sur une chaise en bois et paille à moitié brûlée ; des cahiers d'école ouverts par terre sur des gribouillis d'enfant ; des mégots de Cèdre sur le rebord d'une des fenêtres donnant sur l'ouest ; un chat blanc aux yeux rouges qui ne cessait pas de miauler et de se frotter contre les portes ouvertes ; un vent qui balayait toutes les salles et les chambres ; des moineaux qui voligeaient çà et là couinant comme des souris ; un séjour couvert de papier toilettes et de reproductions d'icônes de saints orthodoxes mais aucune de la Vierge ou de l'Enfant, ni ensemble ni seuls ; une cuisine occupée par des assiettes cassées sur le comptoir, mais étrangement, en son milieu, par une table préparée à un repas, avec quelque six couverts en place et des verres à vin ; des robinets qu'on entendait un peu partout couler en fil ou goutter – dans la salle-

---

162   Les enfants de Minaa élèvent souvent des tortues sur les toits plats des maisons.

163   Dernière figure, l'une des plus parlantes, d'Alissar : magicienne sachant créer toutes sortes de poisons. Voir le « chant X », in Homère, *Odyssée*, trad. Victor Bérard, Paris, Gallimard, 1973.

      Encore faut-il ici rappeler le pharmakon du *Phèdre*, le langage, son danger, et la naissance de la logique. Voir Derrida, « La Pharmacie de Platon », in Platon, *Phèdre*, trad. Luc Brisson, Paris, GF, 2006.

de-bains, à la cuisine, dans le lavabo d'un débarras, sur le balcon...
; des tableaux représentant des scènes champêtres ou marines
quelconques toujours en place dans le séjour et les chambres
et d'autres représentant des saints ou des fruits et des légumes
exotiques sur les murs de la cuisine ; un journal intime ouvert sur
deux pages vierges sur un dressoir, unique meuble dans la chambre
donnant sur la mer ; un lit sans matelas dans l'autre chambre,
donnant, du côté opposé, sur la rue, et un autre dans celle-là portant
un matelas mais rongé par des mites ; une paire de collants déchirés
pendait sur la porte ouverte de l'armoire dans la première chambre
et un rossignol, perché sur le haut de la même porte tantôt chantait
tantôt léchait les collants, béquetait la porte puis faisait le tour du
lieu ; les restes d'une tartine de zaatar et d'un verre de jus de caroube
sans dépôt ni couche d'oxydation témoignaient d'une présence
récente et d'un départ peut-être dans l'urgence ; des cartes postales
collées sur les murs de la salle de bains et de l'entrée – voilà tout ce
qui restait des meubles et des affaires de la maison d'Alissar.

Il s'assit contre le mur dans la première chambre, son visage
éclairé par la lumière du jour et bercé par le bruit de la mer. Il ouvre
son sac, le pose à côté des deux bidons et en vide le contenu par
terre : des chiffons, des allumettes, quelques vieilles photos, un
masque, des brindilles, quelques lettres ouvertes et enveloppes
fermées, un bréviaire, trois pommes d'un conifère quelconque, du
papier et des feuilles mortes. Il les regarde pendant longtemps : ils
étaient maintenant inutiles. Les jeux sont faits, la fin, la finalité avait
été atteinte sans faire intervenir la force du feu, sans ce baptême[164]
du salut. Il restait de celui-ci les larmes qui enlèvent les néfastes
possibilités du regret.

Quand il s'est relevé, le soleil touchait déjà la mer. Il sent un courant
d'air traverser la maison, et la porte, entrouverte jusque là, se
retrouve grand ouverte. Il descend l'escalier couvert de posters de

---

164   *« Jam enim securis ad radicem arborum posita est. Omnis ergo arbor, quæ non
facit fructum bonum, excidetur, et in ignem mittetur. Ego quidem baptizo vos in aqua
in pœnitentiam: qui autem post me venturus est, fortior me est, cujus non sum dignus
calceamenta portare: ipse vos baptizabit in Spiritu Sancto, et igni ».* (« Et maintenant, la
hache est contre la racine de l'arbre, car tout arbre qui ne donne pas de bons fruits sera
coupé et jeté au feu. Je vous baptise dans l'eau de la repentance, mais celui qui vient après
moi est plus fort que moi et je ne suis même pas digne de porter ses chaussures. Il vous
baptisera dans le saint Esprit et dans le feu. ») Évangile selon saint Mathieu, 3, 10-11.

football laissés par les autres occupants et par des photos des lieux spirituels du pays. En bas, des deux côtés de la porte d'entrée, il passe quelques instants à considérer les photos et les textes des annonces d'obituaires collées sur la pierre et jaunies par la pluie et le sable. Il avance ensuite dans la rue, passe devant la poste fermée et y voit, devant la porte, un brin de cèdre à moitié brûlé.

Dans le port, quelques heures plus tard, à l'aube, les pêcheurs partaient dans le sillon d'un Naww ; et des mouettes partaient vers l'occident.

Epilogue

Décompte

6000 ans de sutures,
Chaque Melkarte un saut
Chaque Yehaumilk[165] des trirèmes rouges
Chaque coquille[166] le projet d'un roi

La dame blanche qui attend sur la colline
Pleure déjà la mort de son Fils
Et les entailles des monts

Les ailes balayent l'air
Où l'oiseau de feu arrêtait jadis le vent.

---

165   Roi de Byblos, associé à sa fameuse inscription, un des témoignages de la naissance de l'alphabet à Canaan. Le roi y invoque la Dame de Gebel (Byblos).
166   Le murex, mentionné plus haut.

Santa Maria Novella[167]

Un manteau de cire
Sous le regard de Philippe[168],
Dans les mains blanches ailées,
Face à Josèphe et ses ailes mécaniques.

La flamme noire vacille,
Le sol resserre ses pavés,
Le manteau, tendre et éternel,
Se recouvre de souvenirs.

Les quatre horizons,
Les deux pôles
Se rejoignent ;
Mais la terre se fracasse
Sous les lames et l'acier.

Les portes s'ouvrent,
La cire passe sa blancheur aux épées,
Et le rouge cachera
La provenance du siècle
Dans les écrits à venir,
Brisant la dernière âme de Syrie[169].

La croix de Giotto le dévisageait ; trois femmes en noir, la tête couverte et ayant terminé leur prière le regardaient d'un air suspect, cet homme ni fidèle habitué ni touriste ; une fille dessinant devant la chapelle Strozzi, lui jetait souvent un coup d'œil, intriguée par ses

---

167   Il s'agit de l'église florentine de Santa Maria Novella. Le choix ici est synonyme du nouveau départ, de Marie, Alissar, Europa... prenant un nouveau départ tout en se retrouvant elle-même et en se laissant découvrir, retrouver par Saj'ân.

168   La vie de Saint Philippe, peinte pour la chapelle Filippo Strozzi par Filippino Lippi. Saint Philippe y terrasse le dragon, même scène que le saint libanais, saint Georges. Les fresques sont empreintes d'un certain paganisme rencontrant, dans sa spiritualité profonde, le christianisme

169   Allusion à la visite du patriarche d'Orient inscrite à l'église au dix-huitième siècle.

habits noirs et ses yeux qui semblaient ne rien voir ou apercevoir, qu'on pouvait douter de ce qu'elle peignait vraiment ; un homme en habits de moine accompagné de deux adolescents était debout derrière le maître autel, absorbé par la vie de la Vierge de Ghirlandaio ;et la lumière du jour éclairait le sol à ses pieds où il avait posé son cahier et ses dessins ainsi que les clefs de l'appartement qu'il a pris, il y a un an déjà, face au jardin Saint-Marc.

Plus tard, la fille, ayant achevé ses dessins et ses croquis, se lève et va vers lui. Elle hésite quelques instants, et le voyant encore plus absent qu'avant, s'avise, revient sur ses pas, enlève son écharpe et quitte l'église en courant. Il la remarque, avec sa robe blanche, juste en partant, lorsqu'elle ouvre la porte. Il ramasse alors ses affaires pour se lever à son tour et y trouve, sur son cahier, une note qu'elle lui avait laissée : « elle ne changera jamais », se dit-il.

Dans l'église Santa Félicita, vide et sombre, les cierges sont absents devant la lumière de l'Annonciation[170]. L'ange se retourne face à l'acidité éblouissante, et la Vierge le regarde indifféremment – c'est elle qui annonce et c'est lui qui écoute … ou refuse d'écouter son destin. L'odeur est celle du seizième siècle, mais celui-ci le rappel du premier dont le bleu touche encore les épaules de l'Originelle.

Il s'assoit sur un banc. La porte s'ouvre, deux inconnus d'âge mûr entrent et se dirigent vers un prie-dieu. Ils s'y agenouillent et, indifférents à la chapelle, ils se parlent à voix basse :
« Et elle donc ? La trouvera-t-il vraiment ? Puis ce peuple, ces peuples qu'il aime sans les avoir connus ?
— Il la trouvera... Il les trouvera aussi. Il faut qu'il trace ce nouveau chemin, ''de larmes et de beauté'' comme il disait en lisant.
— Il les ensorcellera de sa voix.
— Il a bien ensorcelé sa mère : il t'a ensorcelée.
— Il l'ensorcellera aussi, mais il mourra peut-être pour elle ou avec elle.
— Tant qu'ils se rejoignent … »
Il essaie de suivre leurs propos mais il ne lui parvient que des chuchotements, puis son cœur et son corps se trouvent bientôt

---

170   L'Annonciation de Pontormo, chef-d'œuvre du maniérisme. On y voit l'influence de Michel-Ange dans les corps sculpturaux.

Quant à l'église elle-même, elle est vraisemblablement la plus ancienne de la ville et est donc liée aux premiers chrétiens de la ville qui furent des marchands grecs syriens.

apaisés lorsqu'elle pose sa main sur son épaule. Il se retourne vers son visage serein, souriant et caressé par des heures sous le soleil du Sud. Il l'embrasse, lui remet son châle bleu sur les épaules et ils sortent. Leurs pas les conduisent à la place de la Santissima Annunziata où ils s'assoient et, le dos tourné à l'hôpital, ils regardent les fontaines de Tacca.

Itinéraire du voyage

1 - TRIPOLI
2 - AMIOUN
3 - EHDEN
4 - ARZ
5 - 'ASSI
6 - KSARA
7 - BAALBECK
8 - NAHR EL KALEB
9 - ALEY
10 - SIDON - BET SAIDA
11 - SOUR

... et retour à Tripoli

Ovadia Eds

Heidegger : Le Divin et Le Quadriparti, 2013